Steven

Zu diesem Buch

Jerzy Andrzejewskis Roman «Die Karwoche», unter dem unmittelbaren Eindruck des Gettoaufstands 1943 in Warschau geschrieben, erschien 1946 und wurde im selben Jahr mit dem ‹Literaturpreis der Stadt Krakau› ausgezeichnet. «Die Karwoche» ist ein erschütterndes, ein radikales Buch, weil es die Wurzeln seines Gegenstandes freilegt: den Antisemitismus.

Andrzejewski schildert in nahezu dokumentarischer Nüchternheit die Liquidierung des Warschauer Gettos während der Passionswoche. Im Mittelpunkt steht das Schicksal der Familie Malecki, mit dem sich das Geschick von Irena Lilien verbindet. Der Architekt Jan Malecki, seit langem mit der aus einer reichen jüdischen Familie stammenden Irena befreundet, begegnet ihr, die inzwischen verwaist ist, zufällig in der Stadt und versteckt sie in seiner Wohnung. Aus Irenas scheinbarer Sicherheit entwickelt sich die Tragödie: Nachdem sie von den Nachbarn Piotrowski als Jüdin erkannt und verraten worden ist und Piotrowski versucht hat, sie brutal zu vergewaltigen, bleibt ihr nichts anderes übrig, als das Haus zu verlassen und anderswo Unterschlupf zu suchen. Malecki, der ihr erneut behilflich ist, wird dabei von Polen getötet. Anna, seine schwangere Frau, kehrt von einem Kirchgang nicht mehr zurück. Auch die Spur von Maleckis Bruder Julek, der zur Unterstützung der Aufständischen ins Getto geht, verliert sich.

Aus der dramatischen Handlung, in der sich der tragische Untergang des Warschauer Gettos spiegelt, ergibt sich die besondere psychologische Spannung des Romans: «Die Karwoche» ist eine Kritik an menschlicher Gemeinheit, Feigheit und Schwäche und zugleich ein Zeugnis für den Opfermut derer, die keinen Unterschied machen zwischen Polen und Juden.

ROWOHLT JAHRHUNDERT

HERAUSGEGEBEN VON BERND JENTZSCH
BAND 7

Jerzy Andrzejewski

Die Karwoche

Roman

Aus dem Polnischen übersetzt
von Oskar Jan Tauschinski

Rowohlt

Titel der polnischen Originalausgabe:
Wielki tydzien

Veröffentlicht im Rowohlt Taschenbuch Verlag GmbH,
Reinbek bei Hamburg, Mai 1987

Umschlaggestaltung Peter Wippermann
(Foto des Autors: Keystone Pressedienst)
Satz Garamond (Linotron 202)
Gesamtherstellung Clausen & Bosse, Leck
Printed in Germany
1080-ISBN 3 499 40007 3

DAS WAR EINE DÜSTERE KARWOCHE für Warschau. Gerade am Vortag der Begegnung zwischen Malecki und Fräulein Lilien, am Montag, dem 19. April, begann sich ein Teil der im Getto verbliebenen Juden gegen neue Zwangsmaßnahmen zu wehren.

I

Malecki hatte Irena Lilien seit langer Zeit nicht gesehen. Im Sommer des Jahres 1941 waren sie einander noch recht oft begegnet. Aus Smug hatte man die Liliens zwar schon damals ausgewiesen, doch die deutschen Besatzungsbehörden hatten zu jener Zeit noch keine strengeren Zwangsmaßnahmen gegen die Juden angewandt, und die Liliens waren, da sie sich, wo es not tat, loskaufen konnten, der Internierung im Warschauer Getto entgangen. Es war ihnen sogar gelungen, einige Sachen zu retten, und mit diesem übrigens noch beträchtlichen und wertvollen Vermögensrest zog die ganze Familie ein wenig näher an Warschau heran.

Die Liliens, die vor dem Krieg sehr wohlhabend gewesen waren, und dies schon seit einigen Generationen, besaßen ein so stark entwickeltes Sicherheitsgefühl, daß es ihnen in der kritischen und für sie neuen Situation nicht in den Sinn kam, in eine andere Vorortgegend zu übersiedeln. Zalesinek, ihr neuer Wohnort, lag eine Viertelstunde näher an Warschau als Smug, an derselben Linie der elektrischen Lokalbahn, wo fast jeder die Liliens persönlich oder vom Sehen kannte. Sie selbst waren mit der polnischen Kultur und den polnischen Sitten so sehr verwachsen, daß sie nicht im entferntesten daran dachten, ihr Äußeres könnte irgendwelchen Verdacht erwecken.

Die alten Liliens fuhren zum Glück nie nach Warschau.

Sie, eine massige, korpulente Frau, war seit einigen Jahren gelähmt und konnte ihren Rollstuhl nicht mehr verlassen. Lilien senior, der seit langem seine Bankgeschäfte aufgegeben hatte, war zufrieden, wenn er sich an der Sonne wärmen konnte, während er sich an regnerischen und kühlen Tagen mit der Zuschauerrolle bei Bridgepartien begnügte. Dagegen unternahm Professor Lilien mit seiner Frau und Irena ebenso oft wie früher seine gewohnten Fahrten nach Warschau. Frau Lilien war verhältnismäßig am wenigsten gefährdet. Klein, schlank und still, konnte sie mit ihren unregelmäßigen, doch sanften Zügen für eine «Arierin» gehalten werden. Um den Professor und Irena stand es freilich weniger gut.

Irena war immerhin einige Male in der Woche in Warschau. Sie suchte Freunde und Bekannte auf, und aus dem Wunsch, mit Malecki zusammenzukommen, ergaben sich noch zusätzliche Stadtbesuche, die außerhalb des Programms lagen. Da sie das gesellschaftliche Leben und die Atmosphäre der Unterhaltung liebte, verabredete sie sich gern in Kaffeehäusern und Bars, die während des Krieges in Mode gekommen waren. Irena Lilien war sehr hübsch: stattlich, brünett und dunkelhäutig. Ihr grobes, sprödes Haar und die dunklen Augen waren auffallend jüdisch. Wenn Malecki ihr zu erklären versuchte, daß sie sich mehr in acht nehmen müßte, lachte Irena nur und behauptete, die Deutschen verstünden nichts von diesen Dingen. Zwar kam es schon damals polnischerseits zu Erpressungen, aber Irena glaubte nicht daran, daß derartiges auch ihr oder ihren Angehörigen geschehen könnte. Ihre Schönheit und die soziale Stellung, in der sie aufgewachsen und an die sie gewöhnt war, schienen sie ihrer Auffassung nach vor jeglicher Gefahr zu schützen.

Professor Lilien zog aus anderen Gründen die Möglichkeit einer Gefährdung nicht ernstlich in Betracht. Den Krieg empfand er als äußerst schmerzlich. Die Triumphe der Bestialität und Mißachtung der Menschlichkeit stellten seine edle humanitäre und liberale Gesinnung auf harte Proben. Sie konnten ihn zwar in seinem Glauben an den Fortschritt der Menschheit und des Lebens nicht beirren; aber die Verteidigung jener bedrohten Werte kostete ihn sehr viel. Abgesehen davon besaß Julius Lilien bei aller großen intuitiven Begabung und Einsicht, wenn es sich um historische Entwicklungen handelte, keinerlei Vorstellungskraft, sobald es um sein eigenes Schicksal oder das seiner Familie ging. Es gibt Menschen, die eine hohe soziale Stellung innehaben und dann nicht mehr imstande sind, mit dem Vorhandensein von Kräften zu rechnen, die sie herabstoßen und des einmal Erreichten verlustig machen könnten. Zu diesen Menschen gehörte Lilien. Selbst nach der Ausweisung aus Smug – als er die luxuriöse Villa gegen drei kleine Zimmer in Untermiete vertauschen mußte und seiner Bibliothek, seiner Dienerschaft und seiner Bequemlichkeit beraubt war – blieb er in seinem Empfinden derselbe, der er vor dem Krieg gewesen war: Abkömmling einer alten und reichen Familie, glänzender Historiker, oftmaliger Rektor und Dekan, Mitglied zahlreicher wissenschaftlicher Gesellschaften in Polen und im Ausland.

In der öffentlichen Meinung galt Lilien als prominenter Freimaurer. Ob er es wirklich war und, wenn ja, welche Rolle er in der Freimaurerei spielte, ist schwer zu sagen. Er hatte einflußreiche Verwandte in allen westlichen Ländern und in Amerika, Freunde sowohl in wissenschaftlichen Kreisen als auch in der internationalen Finanz und in der politischen Welt. Wenn er Polen nach der Septemberniederlage nicht verlassen und auch nachher von der Möglichkeit einer Ausreise nach Italien keinen Gebrauch gemacht hatte, so wohl vor allem deshalb, weil er der festen Überzeugung war, daß er unter allen Lebensumständen immer der Professor Lilien bleiben würde. Natürlich hatten schon die ersten Kriegsjahre die Reichweite seines Wirkens und seiner Bedeutung eingeengt. Doch übte dies keinerlei Einfluß auf seine Haltung aus. Er arbeitete ohne Unterbrechung weiter, schrieb und las viel und hielt die Verbindung mit den in Warschau verbliebenen Kollegen aufrecht. Mit seiner ganzen Lebensführung, seinem Denken und Handeln bestätigte er die nur allzuoft erwiesene verhängnisvolle Wahrheit, daß das objektive Bild der Welt und der Ereignisse von der subjektiven Sinndeutung, die wir dem Leben verleihen, verwischt und in den Hintergrund gerückt wird.

In Zalesinek verbrachten die Liliens den ganzen Sommer. Malecki besuchte sie dort mehrmals. Die Gegend war typisch für die Randgebiete von Warschau: kahl und sandig, eine öde Ansammlung häßlicher Villen zwischen verkrüppelten Kiefern. Im Vergleich zu dem schönen Smug mit seinem alten Park und dem Teich, der, umgeben von einem Dickicht üppiger Erlen, von Weißdorn und Traubenkirschen, jeden bezaubern mußte, war es hier ärmlich und traurig. Die Banalität der möblierten Wohnung wurde ein wenig durch die aus Smug mitgebrachten Habseligkeiten gemildert. Im Zimmer des Professors gab es noch viele Bücher.

Zum letztenmal war Malecki an einem der Augustsonntage nach Zalesinek gekommen. Außer ihm war noch eine junge Malerin, Fela Ptaszycka (im Widerspruch zu ihrem kolossalen Wuchs allgemein «das Vögelchen» genannt), anwesend – eine Freundin Irenas und Verehrerin der intellektuellen Qualitäten des Professors. Der Rest der angesagten Gäste war nicht erschienen. Dies war eine Überraschung, denn zu Liliens pflegten an Samstagen und Sonntagen immer viele Leute zu kommen. Das große, zweistöckige Haus in Smug hatte sich dann stets wie eine Pension oder ein Hotel gefüllt. Liliens, die oft über das Unmaß an Gästen klagten, hatten sich schließlich so an diesen Zuspruch gewöhnt, daß sie nun durch die feiertägige Leere ausgesprochen unangenehm berührt waren. Es wurde ein hervorragendes Mittagessen mit Backhühnern und einem sehr raffinierten Nachtisch serviert, aber selbst der von deutschen Soldaten gekaufte französische Cognac, den Irena zum Mokka hervorholte, verbesserte nicht die etwas gezwungene Stimmung. Obwohl der Professor gesprächig war, spürte man, daß seine Gelehrsamkeit und sein funkelnder Witz eine größere Zuhörerschaft brauchten. Dafür war Irena von einer künstlichen Übermütigkeit; sie lachte zu viel und zu laut. Die Ptaszycka barg in ihrer massiven Leiblichkeit ein zartes und empfindsames Herz, und in ihrem Bestreben, eine bessere Stimmung hervorzurufen, beging sie einen Schnitzer nach dem anderen. Sie tat es so ehrlich und mit so offensichtlich gutem Willen, daß sie die Situation damit nur noch verschlechterte.

In der Hoffnung auf eine Gelegenheit, mit Malecki allein zu sein, schlug Irena nach dem Mittagessen einen Spaziergang in der Richtung gegen die Starowiejskie-Wälder vor; aber zuerst entrollte der Professor vor Malecki ein Bild der politischen Lage der kriegführenden Welt, dann wieder störte die Ptaszycka, und als ihr nach längerer Zeit endlich klar wurde, daß sie im Weg war, verstand sie es nicht mehr, sich ihrer undankbaren Rolle zu entledigen.

Schließlich kehrte Malecki mit einem früheren Zug als vorgesehen nach Warschau zurück.

Irena kündigte ihren Besuch für den nächsten Mittwoch an. Doch weder an diesem Mittwoch noch an einem der folgenden Tage gab sie ein Lebenszeichen. Im Zusammenhang mit seiner beruflichen Arbeit an der Restaurierung eines Zisterzienserklosters verreiste Malecki in die entlegenste Provinz und sah Irena erst nach seiner Rückkehr am Ende der folgenden Woche wieder.

In dieser Zeit waren den Liliens große Unannehmlichkeiten widerfahren. Wahrscheinlich hatte jemand eine Anzeige gegen sie erstattet, und gerade an jenem Mittwoch begann sich die Gestapo für sie zu interessieren. Diesmal war die Angelegenheit viel ernster als seinerzeit. Zuerst wurde der Professor allein mitgenommen. Man hielt ihn im Kreisstädtchen einen Tag und eine Nacht fest, aber schon am nächsten Morgen erschienen dieselben Agenten und brachten Frau Lilien und Irena ins Warschauer Getto. Man hielt sie dort zwar nur einige Stunden fest und auch der Professor wurde entlassen, aber aus dem, was Irena erzählte, ging hervor, daß die Freikaufsumme diesmal sehr hoch gewesen war. Von einem Bleiben in Zalesinek konnte natürlich nicht mehr die Rede sein. Man mußte dieses Domizil unter Mitnahme der unentbehrlichsten Sachen sofort verlassen.

Die größte Schwierigkeit bildeten die alten Liliens. Endlich, nach langen Beratungen und der Überwindung unzähliger und mannigfacher Hindernisse, wurden die beiden in einer der Privatkliniken von Warschau untergebracht. Der Professor fuhr nach Krakau, um sich über die dortigen Verhältnisse zu orientieren, und Frau Lilien wohnte bei entfernteren, einstweilen noch gut gesicherten Verwandten. Irena wurde von der Ptaszycka aufgenommen. Bald darauf starben die alten Liliens kurz nacheinander. Der Professor kehrte weniger optimistisch als sonst aus Krakau zurück; seine Pläne schienen gescheitert. Jedenfalls entschlossen sich die Liliens erst jetzt zur Beschaffung von arischen Personalausweisen und ließen sich unter dem Namen Grabowski wieder in der Umgebung von Warschau nieder, diesmal jedoch am rechten Weichselufer, an der Linie nach Otwock. Kaum hatten sie sich dort eingelebt, mußten sie schon wieder eilig, fast von einer Stunde auf die andere, fliehen.

Zum letztenmal begegnete Malecki Liliens bei Fela Ptaszycka. Am meisten hatte sich der Professor verändert. Er war erloschen, gealtert, unrasiert und ohne Sorgfalt gekleidet. So sah er seinem verstorbenen Vater sehr ähnlich. Auch Frau Lilien sah sehr mitgenommen aus, sie war noch stiller und unscheinbarer als sonst. Nur Irena hielt sich gut und war bestrebt, die ganze Lage in einen Scherz und in ein vorübergehendes Abenteuer umzudeuten, das einen baldigen und günstigen Abschluß finden würde. Aber ihre nervöse, flackernde Heiterkeit wirkte noch bedrückender als die Niedergeschlagenheit der Eltern. Alle zusammen wußten nicht recht, was sie mit sich anfangen sollten. Die Ptaszycka wohnte auf der Saska Kempa in der Villa ihrer Mutter und konnte Irena beim besten Willen nicht länger als ein bis zwei Wochen bei sich behalten. Die Verwandten, bei denen Frau Lilien wohnte, waren ebenfalls in unvorhergesehene Schwierigkeiten geraten. Den Professor beherbergte vorläufig einer seiner Schüler, aber auch das war nicht für die Dauer. Aus dem, was der Professor erzählte, konnte man entnehmen, daß viele Menschen, auf deren Hilfe er gerechnet hatte, ihn jetzt im Stich ließen.

Diese Erkenntnis schien für ihn das Schmerzlichste zu sein. Er begann sich unsicher und kraftlos zu fühlen. Und als sie an diesem sonnigen Herbstnachmittag im Atelier der Ptaszycka beim Tee saßen, der in schönen, englischen Fayencen serviert wurde, machten sie alle drei den hoffnungslos-traurigen Eindruck von Gestrandeten, die keine Zuflucht finden können.

Einige Wochen später erhielt Malecki von Irena einen Brief. Sie schrieb aus Krakau. Jan begann in dieser Zeit wichtige persönliche Dinge zu erleben; überdies ergab sich für ihn eine neuerliche Reise nach dem Zisterzienserkloster, und da er den Brief nicht gleich beantwortet hatte, antwortete er gar nicht. Es kam dann noch ein Brief von Irena, kurz, sehr traurig und überhaupt in seiner ganzen Stimmung nicht zu ihr passend. Diesmal wollte er erwidern; aber jene neuen Erlebnisse hatten ihn so sehr von Irena entfernt, daß er nicht wußte, was er schreiben sollte. Er fühlte, daß Irena unglücklich und einsam war, und daß das Leben schwer auf ihr lastete. Er selbst hingegen war glücklich; er begann trotz der Unbilden des Krieges sozusagen ein neues Dasein. Und nichts errichtet eine größere und unüberwindlichere Scheidewand zwischen zwei Menschen, als das Glück des einen und das Leid des anderen. Viele große und kleine Dinge können Anlaß zur Entfremdung sein, aber keines so fühlbar wie die Ungleichheit der Schicksale.

So wurde in Maleckis Empfinden, nachdem seine Ehe mit Anna beschlossen war, Irenas Gestalt zu einem fernen Schatten, und es gelang weder seinem Mitleid noch den Resten der alten Freundschaft und Herzlichkeit, bis zu ihr vorzudringen. Übrigens schrieb Irena nicht mehr. Eine Zeitlang hatte Fela Ptaszycka noch Nachrichten von ihr. Dann riß auch dieser Faden ab. Malecki besuchte noch zu wiederholten Malen seine Zisterzienser. Jedesmal hielt er sich auf der Durchreise auch in Krakau auf, aber seine Absicht, Irena aufzusuchen, endete immer beim guten Vorsatz.

Im Sommer 1942, als die Deutschen bei der Liquidierung der Gettos im ganzen Land Massenabschlachtungen der Juden organisierten, verbreitete sich das Gerücht vom Tod des alten Lilien. Aber es gingen hierüber sehr verschiedene Versionen um, und es war schwer festzustellen, wieviel an ihnen richtig war.

Erst im Frühling des folgenden Jahres begegnete Malecki ganz unerwartet und unter besonderen Umständen Irena. Es war dies am Dienstag vor Ostern.

2

DAS WAR EINE DÜSTERE KARWOCHE FÜR WARschau. Gerade am Vortag der Begegnung zwischen Malecki und Fräulein Lilien, am Montag, dem 19. April, begann sich ein Teil der im Getto verbliebenen Juden gegen neue Zwangsmaßnahmen zu wehren. Am frühen Morgen, als Abteilungen der SS das ummauerte Gebiet betraten, fielen auf dem Stawki und am Leszno die ersten Schüsse. Die Deutschen, die den Widerstand nicht erwartet hatten, zogen sich zurück. Der Kampf begann.

Die Nachricht von diesem seit Jahrhunderten ersten Massenwiderstand der Juden verbreitete sich nicht sogleich in der Stadt. Verschiedene Versionen machten in Warschau die Runde. Man wußte während der ersten Stunden nur so viel, daß die Deutschen diesmal die Absicht hätten, das Getto endgültig zu liquidieren und alle Juden, die dem vorjährigen Massaker entgangen waren, zu vernichten.

In den benachbarten Stadtteilen begann es von Menschen zu wimmeln. Dort hatte man die Vorfälle am raschesten begriffen. Aus den Fenstern jenseits der Mauern fielen dauernd Schüsse. Die Deutschen konzentrierten die Gendarmerie um das Getto. Von Stunde zu Stunde wuchs die Intensität der Beschießung. Die Verteidigung, die zuerst chaotisch und zufällig gewesen war, begann sich rasch in einen planvollen und regelrechten Kampf zu verwandeln. An mehreren Orten wurden Maschinengewehre laut. Handgranaten wurden geworfen.

Der Straßenverkehr funktionierte noch normal, und an vielen Stellen spielte sich der Kampf mitten im Gedränge der Zuschauer und im Lärm der vorbeirasselnden Straßenbahnen ab. Währenddessen verschleppte man aus den Stadtteilen, in denen kein Widerstand geleistet wurde, die übriggebliebenen Juden. Aber auch zu diesem Zeitpunkt nahm noch kaum jemand an, daß die Vernichtung des Gettos sich über so viele Wochen erstrecken würde. Und doch sollten die Juden sich viele Tage lang wehren, und noch mehrere Tage hindurch sollte das Getto brennen.

Und so begann inmitten der Frühlingszeit und der Karwochenstimmung im Herzen von Warschau, das ein vierjähriger Terror nicht zu besiegen vermocht hatte, der Kampf der jüdischen Aufständischen – der einsamste und schmerzlichste von allen Kämpfen, welche in jener Zeit zur Verteidigung des Lebens und der Freiheit geführt worden sind.

Malecki wohnte am äußersten Rand von Bielany, einer entfernten Siedlung im Nordteil der Stadt. Als er am Montag abend von seiner Arbeit nach Hause zurückfuhr, kam er zum erstenmal mit dem Kampf in Berührung. Gleich hinter dem Krasinskiplatz machte sich in der Straßenbahn, die an den Mauern entlangfuhr, eine erregte Stimmung bemerkbar. Die Leute drängten sich an die Fenster. Aber es war nichts zu sehen. Hinter den Mauern zogen sich die sehr hohen, grauen Hausgiebel hin, die hie und da von schmalen Fensterchen wie von Schießscharten durchbrochen waren. Plötzlich hielt die Straßenbahn in der Bonifraterskagasse gegenüber dem Johannesspital mit jähem Ruck. Gleichzeitig fielen von hoch oben flache, kurze Gewehrschüsse. Von der Gasse her antwortete ein Maschinengewehr.

In der Straßenbahn brach Panik aus. Die Menschen zogen sich hastig von den Fenstern zurück, einige kauerten am Boden nieder, andere strebten dem Ausgang zu. Währenddessen fielen aus den schmalen, lukenartigen Fensterchen der jüdischen Häuser die Schüsse immer dichter. Das mitten auf dem Fahrdamm bei der Kreuzung der Bonifraterska- und der Konwiktorskagasse aufgestellte Maschinengewehr antwortete mit wütendem Geknatter. Auf dem schmalen Teil des Fahrdammes, zwischen dem Straßenbahngeleise und der Gettomauer, raste ein Sanitätswagen vorbei.

Am nächsten Morgen fuhren die Straßenbahnen der Linie Zoliborz nur noch bis zum Krasinskiplatz. Malecki, der rascher als sonst die Angelegenheiten der Firma, in der er tätig war, erledigt hatte, war schon am frühen Nachmittag auf dem Heimweg. Man hatte gerade den Straßenbahnverkehr aufgehalten, und die Miodowastraße war durch leere Wagen verstopft. Menschenmassen zogen auf den Gehsteigen dahin.

Nach der Schießerei, die die ganze Nacht gedauert hatte, war am Morgen eine kurze Kampfpause eingetreten. Jetzt begann das Feuer von neuem und noch verbissener als am Vortag. Zum Krasinskiplatz wurden keinerlei Fahrzeuge mehr vorgelassen, hingegen füllte eine unruhige, lärmende und aufgeregte Menge die Ausgänge der Dluga- und der Nowiniarskagasse. Wie alle größeren Ereignisse in Warschau, so hatte auch dieses – von außen her betrachtet – etwas von einem Schauspiel an sich, denn die Warschauer kämpfen ebensogern, wie sie Kampfszenen mit ansehen.

Ein Schwarm von jungen Burschen und ondulierten, geputzten Mädchen war aus den benachbarten Gassen der Altstadt zusammengelaufen. Die Neugierigeren unter ihnen drängten sich tiefer in die Nowiniarska hinein, von wo man den weitesten Ausblick auf die Gettomauern hatte. Im allgemeinen bedauerten nur wenige die Juden. Das Volk freute sich, daß die verhaßten Deutschen wieder eine neue Schwierigkeit hatten. In den Augen des einfachen Mannes machten sich die siegreichen Besatzungstruppen allein schon durch die Tatsache, daß sie gegen eine Handvoll Juden kämpfen mußten, lächerlich.

Der Kampf wurde immer erbitterter. Inmitten des Krasinskiplatzes, vor dem Gerichtsgebäude, wimmelte es von Gendarmerie und SS. In die Bonifraterska wurde niemand mehr eingelassen.

Als Malecki sich am Ausgang der Miodowagasse befand, fuhr ein schwerer Lastwagen mit Soldaten in voller Kampfausrüstung an ihm vorbei. In der Menge klang Gelächter auf. Das Gewehrfeuer setzte nicht aus. Es waren die Juden, die schossen. Die Deutschen antworteten mit langen Serien aus MGs und Maschinenpistolen.

Malecki hatte einen geschaftlichen Auftrag in einem dem Kampfgebiet benachbarten Stadtteil zu erledigen. Er schloß sich daher der Menge an, die durch die Nowiniarska zog. Der erste Abschnitt dieser schmalen, während des Krieges sehr stark beschädigten Gasse war vom Getto durch Häuserblocks getrennt, die zwischen der Nowiniarska und der parallel laufenden Bonifraterska erbaut waren. Bald jedoch, nach der ersten Querstraße, hörten die Häuser auf und es öffnete sich ein weiter, leerer, holpriger Platz, der durch die Beseitigung der Trümmer der während der Belagerung von Warschau bombardierten und ausgebrannten Gebäude entstanden war.

An der Stelle, wo die Nowiniarska in diesen Platz einmündete, verdichtete sich die Menge. Auf Gehsteigen und Fahrdamm stauten sich die Menschen. Weiter wagten sich nur wenige vor. Von den jüdischen Häusern her fielen ununterbrochen Schüsse. In den Feuerpausen lösten sich vereinzelte Gestalten aus der Menge und hasteten eilig längs der Häuserwände weiter.

Als Malecki zu der Stelle vorgedrungen war, die bereits unter dem Beschuß der Aufständischen lag, hatte das Schießen soeben aufgehört, und die Menschen – teils nach Hause oder zu ihren Pflichten eilend, teils von Neugier getrieben – drängten in dichter Welle weiter. Der vereinsamte Platz schien jetzt geräumiger als sonst. Gerade in der Mitte standen zwei Karusselle, die noch nicht fertig montiert waren. Man errichtete sie offenbar für die kommenden Feiertage. Im Schutz dieser absonderlichen bunten Kulisse sah man Soldaten in Stahlhelmen. Einige hatten Gewehre, mit denen sie, auf der Estrade kniend, nach dem Getto zielten. Vor den Gettomauern war es leer. Und über ihnen erhoben sich schweigend und schwer jene hohen Wände der Häuser mit den schmalen Fenstern und der gebrochenen Kontur ihrer Dächer, die sich, an eine riesige Festung gemahnend, in den bewölkten Himmel einschnitt.

Die durch die Stille ermutigten Menschen blieben stehen und betrachteten die einsamen Mauern. Plötzlich fielen von dort Schüsse. Im weiteren Teil der Bonifraterska, wohl beim Johannesspital, ertönte eine dumpfe Detonation; gleich darauf eine zweite und dritte. Die Juden schienen Handgranaten zu werfen.

Rasch begannen sich die Leute in die nächsten Haustore zu zerstreuen. Kugeln pfiffen durch die Luft. Ein Mann lief vorbei, ein gedrungener Mensch mit einem Strohhut schrie auf und stürzte auf den Gehsteig. Auf dem Platz begann ein MG zu knattern, auch die Soldaten hinter dem Karussell schossen. Gleichzeitig erbebte der Boden von gellenden, sehr lauten Schüssen. Ein Strahl silbriger Geschosse schlug in eines der höchsten Fensterchen der sich verteidigenden Häuser ein. Es war ein Panzerabwehrgeschütz, das zu feuern begann.

In dem Augenblick, da dies Durcheinander einsetzte, befand sich Malecki weit vom nächsten Haustor entfernt und suchte daher instinktiv im Portal des erstbesten Geschäftes Deckung. Der Laden war mit Brettern verschalt, trotzdem blieb eine Nische, die einen gewissen Schutz bot.

Die Straße war leer geworden. Zwei breitschultrige Arbeiter hoben den liegenden Mann vom Gehsteig auf. Einer von ihnen, ein noch junger Bursche, bückte sich auch nach dem Strohhut. Der an der Wand stehende Soldat trieb sie zur Eile an. Dann schrie er heftig gestikulierend eine Frau an, die als einzige von den Fußgängern auf der Straße geblieben war. Sie stand unbeweglich am Rand des Gehsteiges und blickte, als erfaßte sie die Gefahr nicht, der sie sich aussetzte, unverwandt auf die dunklen Mauern gegenüber.

«Bleiben Sie doch nicht stehen!» rief Malecki. Sie wandte sich nicht einmal um. Erst als der Soldat hinaussprang und sie fluchend fortzerren wollte, wich sie zurück und duckte den Kopf mit einer unsicheren Bewegung der Überraschung und Angst. Der Soldat stieß sie wütend und nervös in die Richtung des nächsten Haustores. Gleichzeitig gewahrte er den im Ladenportal versteckten Malecki.

«Weg! Weg!» brüllte er.

Malecki sprang heraus und eilte der vor ihm laufenden Frau nach. Von allen Seiten fielen jetzt Schüsse. Das auf dem Platz aufgestellte Panzerabwehrgeschütz feuerte

Serien von Geschossen. Glas splitterte in bröslígem Klirren aufs Pflaster. Wieder ertönten dumpfe Detonationen von Granaten.

Jene Frau und Malecki erreichten fast gleichzeitig das Haustor. Es war verschlossen. Ehe es geöffnet wurde, konnte Malecki seine Gefährtin betrachten, die ihm, immer noch gebückt und erschrocken, jetzt ihr Profil zuwandte. Ihm stockte der Atem.

«Irena!»

Sie sah ihn mit dunklen Augen an, die ihn nicht erkannten.

«Irena!» wiederholte er.

Gleichzeitig öffnete die junge, verschreckte Hausbesorgerin das Tor.

«Schnell! Schnell!» drängte sie.

Malecki ergriff Irena an der Hand und zog sie hinein. Der Hausflur war voll Menschen. Er schob sich durch die Menge bis zum Hof vor. Völlig willenlos und gehorsam ließ sich Irena von ihm führen. Er zog sie in eine Ecke, die leer war. Es war ein alter, sehr schmutziger und vernachlässigter Hof. An Stelle des einen Seitentraktes ragte als Spur der Kriegsverwüstungen eine kahle, fleckige Mauer. In der Mitte türmten sich hoch die aufgeschichteten Ziegel, daneben schimmerte grau ein Fleckchen kümmerlicher, karger Erde, das sichtlich für die Gemüseaussaat vorbereitet war.

Als sie neben den steilen Stufen zu stehen kamen, die ins Souterrain führten, ließ Malecki Irenas Hand los und sah das Mädchen aufmerksam an.

Sie war immer noch schön, doch gleichzeitig sehr verändert. Sie war schlanker geworden, ihre Züge waren schärfer und verinnerlichter; die länglichen Augen schienen gleichsam größer, doch ihr Ausdruck hatte den warmen, für Irena so charakteristischen Schmelz eingebüßt, er war jetzt fremd, fast streng. Gekleidet war Irena sehr gut. Sie trug ein noch vor dem Krieg aus England mitgebrachtes Kostüm aus hellblauer Wolle und einen kleidsamen Hut, den Malecki nicht kannte. Aber mochte es nun die lange Trennung bewirkt haben oder handelte es sich um tatsächliche Veränderungen, gleichviel – ihr jüdisches Aussehen erschien Malecki auf den ersten Blick auffälliger als ehemals.

«Du bist's?» sagte sie kurz und ohne Erstaunen.

Sie betrachtete ihn flüchtig. Es schien, als horchte sie ununterbrochen auf die von der Straße herübergellende Schießerei.

Malecki hatte sich von der ersten Überraschung erholt.

«Wie kommst du hierher? Was machst du? Du bist in Warschau?»

«Ja!» antwortete sie einfach, als hätten sie sich erst vor kurzem getrennt.

Die Stimme war dieselbe wie früher: tief und klangvoll, vielleicht etwas weniger schwingend, etwas matter.

«Schon lange?»

Irena zuckte die Achseln.

«Ich weiß nicht. Ich erinnere mich nicht einmal mehr genau. – Es scheint mir schon sehr lange.»

«Und hast nichts von dir hören lassen?»

Sie sah ihn aufmerksam, etwas spöttisch an.

«Wozu?»

Malecki wurde verlegen. Diese einfache Frage war für ihn völlig unerwartet, so unähnlich sah sie jener Irena, die er bis jetzt gekannt hatte. Er wußte nicht, was er antworten sollte, und schwieg.

Irena horchte wieder auf die Geräusche von der Straße, und in diesem angestrengten, etwas verängstigten Lauschen schien sie den Begleiter vergessen zu haben. Das

Schweigen wurde für Malecki immer peinlicher und unerträglicher. Er spürte deutlich die Fremdheit, die sich zwischen ihn und Irena schob. Angesichts der Lage, in der Irena sich befinden mußte, hätte er diese Fremdheit gern überwunden, aber er wußte nicht recht, wie er dies anfangen sollte.

Inzwischen war es im Hausflur plötzlich laut geworden. Ein Teil der Menge begann sich eilig in den Hof zurückzuziehen. Ein kleiner Junge in zerrissener Hose und in zerfetztem Hemdchen kam aus dem Torbogen herausgeschossen, stieß in der Eile an Malecki und rief voll Wichtigkeit ins Souterrain hinab:

«Mama, in unserem Tor haben sie eine Kanone aufgestellt! Aus unserem Tor werden sie schießen!»

Aus der Kellerwohnung beugte sich eine verwelkte, blasse Frau.

«Rysiek! Rysiek!» rief sie dem Kleinen nach.

Aber der war schon fort. Die Frau kletterte schwer ächzend die unbequemen Stufen empor. Plötzlich begann das Panzerabwehrgeschütz zu feuern. Eine betäubende Serie von Detonationen erschütterte die Mauern. Irgendwo, von einem höheren Stockwerk, rieselte der Putz.

«O Jesus!» – die Frau griff sich ans Herz.

Das Geschütz feuerte ohne Unterlaß. Alles ringsum schwankte und zitterte. Man hörte nicht einmal mehr die Schüsse aus dem Getto. Dafür mengte sich in dieses ohrenbetäubende Getöse der von einem Nachbarhof herüberdringende heisere Klang eines Grammophons, das irgendeinen alten sentimentalen Tango aus der Vorkriegszeit von sich gab. Immer mehr Menschen zogen sich aus dem Flur zurück.

«O Jesus», wiederholte mühsam die Frau aus dem Souterrain. «Für was für Sünden muß der Mensch so leiden?»

Irena, die sehr blaß geworden war und bei jeder neuen Steigerung der Schießerei zu zittern begann, fuhr bei dieser Klage hoch.

«Die anderen dort leiden mehr!» sagte sie feindselig.

Ihre Augen blitzten, der Mund war verkniffen. Malecki hatte an ihr noch nie eine so böse und bittere Angriffslust beobachtet.

Die Frau hob ihre müden, farblosen Augen zu Irena auf.

«Mehr? Woher wissen Sie denn, was ich gelitten habe?»

«Dort gehen Menschen zugrunde», gab Irena in dem gleichen feindlichen Ton zurück.

«Laß gut sein», flüsterte Malecki ihr zu.

«Warum soll ich es gut sein lassen? Dort gehen Menschen zugrunde, Tausende von Menschen; und hier läßt man sie zugrunde gehen, wie Hunde – ärger als Hunde!»

Sie hob die Stimme. Ihre Gereiztheit wuchs. Malecki packte sie an der Hand und zog sie zur Seite, zum Eingang hin, in ein Treppenhaus.

«Nimm doch Vernunft an! Willst du, daß ein Unglück geschieht? Nimm dich doch zusammen, die Leute schauen schon zu uns herüber.»

Wirklich blickten schon einige Menschen, die sich aus dem Flur zurückgezogen hatten, neugierig zu ihnen herüber. Irena sah sich um. Als sie diese Blicke auffing, beruhigte sie sich sogleich und wurde still.

«Meine Papiere sind in Ordnung», flüsterte sie ängstlich.

Und sie sah Malecki unruhig in die Augen.

Es wurde ihm so peinlich zumute wie nie bisher in der ganzen Zeit seiner Bekanntschaft mit Irena. Er fühlte sich schrecklich beschämt und gedemütigt durch ihr Schicksal, aber auch durch seine eigene Ratlosigkeit und seine bevorzugte Stellung.

«Was redest du nur!» fuhr er etwas gekünstelt auf. «Niemand wird sich jetzt um deine Papiere kümmern. Schlimm ist nur, daß wir noch weiß Gott wie lang hier nicht herauskommen. Wo wohnst du?»

«Nirgends.»

Malecki zuckte zusammen.

«Wieso nirgends?»

«Ganz einfach, wie ich es sage.»

«Du hast doch eben gesagt, daß du schon lange in Warschau bist.»

«Lange – aber was nützt das? Dorthin, wo ich gewohnt habe, kann ich nicht zurückkehren. Übrigens, was liegt schon daran», sie machte eine wegwerfende Bewegung, «das ist nicht wichtig.»

«Wieso nicht wichtig? Höre – und dein Vater?»

Sie sah ihn kurz an.

«Lebt nicht mehr.»

«Also ist es wahr?» murmelte er. «Es gingen hier solche Gerüchte um.»

«Es ist wahr.»

Einen Augenblick schwieg er. Endlich gab er sich einen Ruck und fragte:

«Und die Mutter?»

«Lebt auch nicht mehr.»

Er hatte diese Antwort erwartet; aber erst als er sie vernahm, empfand er ihr ganzes Gewicht.

«Das ist furchtbar!» Mehr vermochte er nicht zu sagen.

Sogleich fühlte er, daß dies zu wenig sei. Aber Irena, die mit gesenktem Kopf dastand und mit der Spitze ihres braunen Regenschirmes unsichtbare Linien über den zerbröckelten Asphalt zog, machte nicht den Eindruck, als erwarte sie mehr von Jan. Das Leid mußte so tief in ihr verschlossen sein, daß sie keinerlei Mitgefühl oder Herzlichkeit mehr beanspruchte.

Malecki folgte gedankenlos den Bewegungen von Irenas Regenschirm. Empfindlicher als gewöhnlich erlebte er wieder jenen Gefühlskomplex, welcher ihn jedesmal, ohne Hinzutun seines Willens, eigenmächtig und zwingend überwältigte, wenn er mit den in letzter Zeit so häufigen Tragödien der Juden in Berührung kam. Es waren dies andere Empfindungen als jene, die sich in ihm angesichts der Leiden seiner nichtjüdischen Landsleute, aber auch der Angehörigen fremder Völker regten. Sie waren undurchsichtig, verwickelt und qualvoll. In Augenblicken, da sie stärker auftraten, gesellte sich zu ihnen das besonders schmerzhafte und erniedrigende Bewußtsein einer nebelhaften und undefinierbaren Mitverantwortung für das Unmaß der Grausamkeiten und Verbrechen, denen das jüdische Volk seit einigen Jahren ausgesetzt war. Dieses Bewußtsein, das stärker war als alle verstandesmäßigen Erwägungen, war wohl das bitterste Erlebnis, das er seinen Kriegserfahrungen verdankte. Es gab Zeiten – wie gegen Ende des vergangenen Sommers, als die Deutschen die ersten Massenabschlachtungen der Juden begannen und das Warschauer Getto durch viele Tage und Nächte vom Lärm der Erschießungen hallte –, in denen dieses Gefühl der Mitschuld in ihm ganz besonders brennend wurde. Er trug es dann in sich wie eine Wunde, in der das ganze Übel der Welt zu schwären schien. Er war sich jedoch dessen bewußt, daß es eher Unruhe und Entsetzen war als wahre Liebe zu jenen wehrlosen, gehetzten Menschen, denen das Schicksal den Anspruch auf eine zwar entwürdigte, aber immerhin noch bestehende Brüderlichkeit vorenthielt.

Jetzt hatte die Begegnung mit Irena die Verwirrung, die

seit gestern in ihm anwuchs, noch verstärkt. Er fühlte sich sehr niedergeschlagen, denn als typischer Intellektueller gehörte er zu jener Menschengattung, die ihre eigenen Seelenkonflikte wichtiger nimmt als das tatsächliche Leid und erlittene Unrecht der anderen.

Unterdessen war das Geschütz verstummt. Aus dem Grammophon im Nachbarhof schmachtete jetzt eine weiche Tenorstimme. Die runden, klangerfüllten italienischen Worte hallten laut und deutlich zwischen den Mauern. Auf dem Platz ratterten störrisch die Maschinengewehre. Die Menschen, die in den Hof geflüchtet waren, kehrten in den Hausflur zurück. Jener kleine Junge, den die Mutter Rysiek gerufen hatte, kam von dort herausgestürzt und lief auf die Frau zu, die immer noch an der Kellerstiege stand.

«Mama! Die Deutschen zerdreschen die jüdischen Häuser! Oh, so große Löcher haben sie schon gemacht!» Er zeigte es mit den Händen.

«Komm ins Haus, Rysiek!» flüsterte die Frau.

Er schüttelte den widerspenstigen, flachsgelben Schopf.

«Gleich komm ich!»

Sich auf dem Absatz abwendend, lief er zurück.

«Vielleicht wird man schon auf die Gasse hinaus können», äußerte Malecki und verließ Irena, um zu sehen, was im Flur vorging.

Er sah vor dem Haus das Geschütz stehen und daneben einige deutsche Soldaten. Weiter vorn auf dem Platz ratterte noch immer das Maschinengewehr. Das Tor stand halb offen, und eine Gruppe von Menschen verhandelte mit einem hohen, breitschultrigen Soldaten. Sie baten, er möge ihnen erlauben, fortzugehen. Der Mann ging vorerst nicht darauf ein. Schließlich aber trat er zur Seite und machte eine Handbewegung. Sofort stürzten etliche Leute zum Ausgang.

Malecki kehrte rasch zu Irena zurück.

«Hör, wir können fort! Aber rasch, denn sicher wird gleich...»

Er stockte, als er Irena ansah. Sie war bleich und ihr Gesicht schien verändert. Mit einer Hand suchte sie Halt an der Hauswand.

«Was ist dir?» erschrak er. «Ist dir übel?»

«Nein», widersprach sie.

Sie wurde jedoch immer blasser. Malecki sah sich hilfesuchend um und wandte sich rasch an die Frau aus der Kellerwohnung.

«Darf ich Sie um ein wenig Wasser bitten? Der Dame ist schlecht geworden.»

Die Frau blickte zu Irena hinüber. Sie zögerte einen Augenblick. Schließlich nickte sie.

«Kommen Sie!»

Malecki folgte ihr hinunter und blieb an der Tür stehen. Sogleich schlug ihm der Geruch des Elends entgegen. Das Souterrain bestand aus einer Wohnküche, die niedrig, geschwärzt und feucht war. Möbel gab es fast gar keine. Auf dem Holzbett an der Wand lag ein alter, abgemagerter Mann unter den Fetzen einer Decke, die einst rot gewesen sein mochte.

Näher beim Eingang saß auf einem Schemel ein junger, dunkler Bursche und schälte Kartoffeln. Diese Arbeit ging ihm ungewöhnlich flink vonstatten. Mit der Geschwindigkeit eines Automaten handhabte er sein kurzes Messer und mit genau abgezirkelten Bewegungen warf er die geschälten Kartoffeln in die am Boden stehende Schüssel mit

Wasser. Das Gesicht des Knaben war nicht zu sehen, da er tief geneigt im Schatten saß.

Die Frau schöpfte Wasser aus dem Eimer und reichte Malecki den Becher. Er dankte und kehrte rasch zu Irena zurück.

«Trink ein wenig!» Er reichte ihr das Wasser.

Zuerst wollte sie nicht, dann ließ sie sich bereden. Jedoch nach einigen Schlucken schob sie den Becher fort.

«Ich kann nicht», flüsterte sie angeekelt.

Allmählich überwand sie die Schwäche. Sie zitterte nur noch ein wenig und lehnte sich immer noch an die Mauer.

«Wie ist dir?»

Sie nickte zum Zeichen, daß es ihr besser ginge. In diesem Augenblick beugte sich die Frau aus der Souterraintür.

«Vielleicht will die Dame sich hinsetzen?» rief sie. «Dann bitte hierher, hier geht es.»

Er blickte Irena fragend an. Wider Erwarten willigte sie ein. Er führte sie also hinunter. Die Frau wischte mit einem Lappen über den Hocker.

«Setzen Sie sich!» Sie rückte den Schemel näher zur Tür. Malecki blieb neben Irena stehen.

Das Panzerabwehrgeschütz begann wieder zu feuern. Der an der Wand liegende Mann stöhnte auf. Aber die Frau schenkte ihm keine Aufmerksamkeit. Sie stand neben dem Herd mit herabhängenden Armen, mager und zierlich, sichtlich weit über ihre Kräfte erschöpft. Trotz ihres jämmerlichen, abgetragenen Kleides sah sie ordentlich aus. Ihr Haar war glatt angekämmt und schon stark ergraut, die Haut an den Schläfen vergilbt und fast wie Pergament durchscheinend. Sie mochte kaum an die Vierzig sein, obgleich sie wesentlich älter wirkte.

Malecki blickte zum Bett hinüber.

«Ist das Ihr Mann? Ist er krank?»

«Ja, krank», antwortete sie, «aber nicht mein Mann, mein Schwiegervater.»

«Und Ihr Mann?»

«Ist noch im September gefallen.»

Irena sah sich jetzt erst in der Stube um. Die Frau griff diesen Blick sofort auf.

«Uns haben die Deutschen aus dem Posenschen hinausgeworfen», erklärte sie. «In Mogilno hatten wir ein Häuschen. Der Mann war dort Gärtner...»

Sie verstummte und ließ ihren Blick rings durch das Kellerloch wandern.

«Und jetzt ist halt alles so gekommen!»

Malecki, der schon seit einer Weile dem Jungen beim Kartoffelschälen zugesehen hatte, konnte sich nicht enthalten, ihn anzureden.

«Sie schälen aber flink!»

Der Bursche zuckte zusammen, unterbrach die Arbeit und hob den Kopf.

Das Gesicht, das einst sicher nicht häßlich, vielleicht sogar liebenswürdig gewesen sein mochte, erweckte jetzt in seiner Verschwollenheit mit bläulich-roten Flecken auf den Wangen den Eindruck einer Maske. Das Haar war kurz geschoren, die Lider waren stark gerötet und die Augen leblos, unbeweglich und ohne Glanz. Dieser gläserne, menschenunähnliche Blick machte auf Malecki einen niederschmetternden Eindruck. Er war erleichtert, als sich der Bursche, ohne ein Wort zu sagen, wieder bückte, eine Kartoffel aus dem Korb nahm und sie geschickt mit seinen geröteten, ebenfalls leicht geschwollenen Fingern zu schälen begann.

In der Stube herrschte Schweigen. Der Mann an der Wand versuchte ächzend seine Hände unter der Decke hervorzuholen. Der Tenor im Hof schmetterte eine neue Arie. In der Ferne kläfften vereinzelte kurze Schüsse.

Plötzlich sagte die Frau:

«Das ist mein älterer Sohn. Er ist aus Auschwitz zurück!»

Alle schwiegen. Die Frau blickte mit müden Augen auf den Burschen, der sich so gleichgültig verhielt, als wäre nicht von ihm die Rede.

«Zwei Jahre hat er gesessen. Von der Gasse haben sie ihn geholt.»

Sie machte sich plötzlich am Herd zu schaffen und schob die zerbeulten Töpfe und Pfannen hin und her. Es brannte übrigens kein Feuer im Herd, und die Kälte war in der Stube durchdringender als draußen. Hier herein mochte wohl nie die Sonne scheinen.

Malecki blickte Irena an. Sie hatte sich wieder ganz erholt, nur etwas bleicher schien sie noch als sonst. Sie saß unnatürlich steif und aufrecht da und sah mit ihren dunklen Augen aufmerksam, aber ohne Wohlwollen der Frau zu. Diese beendete schließlich das Aufräumen, wandte sich um und trat zu ihrem Sohn.

«Genug wird's sein, Kaziczek, mit der Schälerei», sagte sie sanft. «Für heute reicht es.»

Plötzlich erklang vor dem Tor der rauhe, schneidende Ruf eines Soldaten. Der Junge zuckte zusammen, rückte vom Fenster fort und duckte sich unwillkürlich. Einen Augenblick lang überflogen seine geröteten Augen ängstlich schielend Malecki und Irena. Erst als er die Mutter gewahrte, beruhigte er sich ein wenig. Doch blieb er weiter geduckt in der Ecke stehen und musterte unsicher die fremden Leute.

«Gehen wir?» neigte sich Malecki zu Irena.

Sie erhob sich schwer. Und gleichmütig, mit einem leisen Anflug von Geringschätzung, dankte sie für die Gastfreundschaft.

Malecki war unangenehm berührt.

«Irena!» sagte er vorwurfsvoll, als sie oben waren. «Wie konntest du dich in solch einem Tonfall von diesen unglücklichen Leuten verabschieden!»

Sie sah ihn mit derselben spöttischen Kälte an wie am Anfang ihrer Begegnung.

«Gefällt dir mein Tonfall nicht?»

«Nein.»

Aber der schroffe Klang seiner Stimme machte sie keineswegs unsicher.

«Da kann man nichts machen; anscheinend habe ich den nun einmal!»

«Aber Irena!»

«Warum wunderst du dich?» unterbrach sie ihn mit gereizter Stimme. «Diese Frau ist noch nicht die unglücklichste. Sie muß nicht jeden Augenblick vor Angst vergehen, daß man ihre Söhne erschießen könnte, nur darum, weil sie so sind und nicht anders. Sie *hat* sie, verstehst du? Sie darf leben! Und wir?»

«Wir?» – Er verstand im ersten Augenblick nicht.

«Wir Juden!» gab sie zurück.

Sehr nahe erscholl jetzt das Maschinengewehr, dafür feuerte das Geschütz aus einem entfernteren Haustor.

«Du sagtest früher nicht: wir!» äußerte Malecki leise.

«Nein, ich sagte es nicht. Aber man hat es mich gelehrt. Ihr habt es mich gelehrt!»

«Wir?»

«Ihr, die Polen, die Deutschen...»

«Du nennst uns zusammen?»

«Seid ihr nicht alle Arier?»

«Irena!»

«Ihr habt mich das gelehrt. Erst vor kurzem habe ich begriffen, daß alle Menschen auf der Welt uns immer gehaßt haben und hassen.»

«Du übertreibst», murmelte er.

«Ich übertreibe nicht! Und selbst wenn sie uns nicht hassen, so dulden sie uns bestenfalls noch gerade. Sag mir nicht, daß wir Freunde hätten! Das scheint nur so. In Wahrheit mag uns niemand. Selbst wenn ihr uns helft, so helft ihr uns anders als anderen Menschen ...»

«Anders?»

«Uns gegenüber müßt ihr euch Mitgefühl und Opfersinn auferlegen, alles, was menschlich, gut und gerecht ist. Oh, ich versichere dir, wenn ich es fertigbrächte, die Juden so nicht zu mögen, wie ihr sie nicht mögt, dann würde ich nicht sagen: wir und ihr. Aber ich bringe es nicht fertig, so zu empfinden, darum muß ich wohl eine von ihnen sein, eine Jüdin. Denn sag, was sonst soll ich sein?»

«Du selbst», entgegnete er ohne Überzeugung.

Sie antwortete nicht sofort. Sie neigte den Kopf und stand längere Zeit so da, während sie wieder mit dem Schirm unsichtbare Zeichen malte. Endlich hob sie ihre schönen, fremden Augen und sagte mit dem weichen Ton, der einst ihrer Stimme so sehr eigen gewesen war:

«Ich selbst, das bin ich ja. Aber das Fräulein Lilien aus Smug existiert nicht mehr. Man hieß mich, sie vergessen. Also habe ich sie vergessen.»

Im Hausflur wurde es rege. Die Leute benützten die neue Gefechtspause, um sich auf die Gasse zu stehlen.

«Gehen wir», sagte Malecki.

Der Soldat, der im Tor Wache hielt, trieb die Fortgehenden zur Eile an. Einen Augenblick später befanden sich Irena und Malecki auf der Straße.

Irena kannte sich in dieser Gegend nicht aus und blieb unschlüssig stehen. Malecki zog sie mit sich in die Richtung zur Franciszkanskagasse. Einige Passanten huschten hier an den Häusern entlang. Die Schüsse fielen jetzt vereinzelt und weiter abseits. Auf der Mitte des Fahrdammes bewegte sich ein offenes Militärauto langsam vorwärts. Ein junger Offizier gab mit weithin schallender Stimme den Soldaten, die bei den Karussellen postiert waren, Befehle.

Malecki und Irena hatten die Franciszkanska noch nicht erreicht, als von den Gettohäusern her neue Schüsse fielen. Sofort antwortete ihnen das Panzerabwehrgeschütz. Strahl um Strahl fuhren leuchtende Projektile in eines der tiefer gelegenen Fenster.

Malecki beschleunigte den Schritt.

«Schneller, schneller!» drängte er.

Als sie laufend die Franciszkanska erreichten, verdeckte eine dichte ziegelrote Wolke das beschossene Fenster. Rauchschwaden quollen heraus. Im ersten Augenblick machte es den Eindruck eines Brandes. Inzwischen fielen schon aus anderen Fenstern Schüsse. Von der Ecke der Franciszkanska her sandte ein Maschinengewehr eine Serie von Geschossen in ihre Richtung.

Etwas tiefer in der Gasse stand eine Gruppe von Menschen, die selbst in Sicherheit – dem Kampf zusahen. Ein gedrungener Bursche in einem kalkbeschmutzten Arbeitsanzug stieß seinen Gefährten an: «Schau, Heniek! Siehst du den toten Juden?»

«Gehen wir», flüsterte Malecki.

Doch Irena blieb stehen und ließ ihre Blicke in die Richtung schweifen, die jener gewiesen hatte. Und wirklich, in einem der kleinen Fenster, das von Einschlägen schon halb zerschmettert war, sah man eine über das Gesims baumelnde Leiche. Der getötete Mensch hing mit Kopf und

Armen aus dem Fenster. Aus dieser Entfernung wirkte er sehr klein, einem menschlichen Wesen fast nicht ähnlich.

«Siehst du ihn?» erkundigte sich der Bursche bei seinem Begleiter.

«Aha!» gab jener zurück. «Prima hängt er dort. Nicht?»

Bei der Nachricht, man sähe dort einen toten Juden, begannen die Menschen, sich anzusammeln und hinzuschauen. Eine schmächtige Frau mit einer großen Tasche voll Spinat und Radieschen drängte sich durch die Menge.

«Wo? Wo?» erkundigte sie sich und kniff die Augen zusammen. «Ich sehe nichts!»

«Dort, geradeaus», belehrte sie ein alter, zerlumpter Zigarettenverkäufer. «Dort, wo mein Finger hinzeigt!»

Außerhalb der Menge stand, an die Mauer eines beschädigten Hauses gelehnt, ein etwa sechzehnjähriger Junge – schwarz und schmal, in einer sportlichen Windjacke. Malecki kannte den Burschen gut vom Sehen. Es war dies ein Nachbar aus Bielany, Wlodek Karski, der mit seiner Mutter und einem kleinen Schwesterchen in demselben Haus wie Maleckis wohnte. Wlodeks Vater, ein Major, befand sich in deutscher Kriegsgefangenschaft. Die Karskis wohnten eine Treppe höher, und durch die Tatsache dieser Nachbarschaft war der junge Karski für Jan nur als ein unbändiger, zu allerlei Lausbübereien neigender junger Mann in Erscheinung getreten, der zahlreiche Gefährten zu sich einlud und mit seinen genagelten Schuhen auf der Treppe und in der Wohnung viel Lärm verursachte. Jetzt, als er so dastand, bleich, mit ärgerlich zusammengezogenen Brauen, machte er einen recht erwachsenen Eindruck. Nur der zusammengepreßte Mund erinnerte an ein kindlich-schmerzliches Schmollen.

Inzwischen konnten sich die Versammelten an dem Anblick der aus dem Fenster hängenden Leiche satt sehen.

Einzig die Frau mit den Radieschen und dem Spinat vermochte nichts zu erspähen.

«Wo? Wo?» erkundigte sie sich in einem fort und blinzelte mit kurzsichtigen Augen.

Irgend jemandem riß die Geduld:

«Nehmen Sie Ihre Augen in die Hand, vielleicht sehen Sie dann besser!» sagte er.

In der Menge erscholl Gelächter. Malecki wandte sich zu Irena und faßte sie am Arm.

«Komm, Irena!»

Im selben Augenblick kamen die Schüsse näher, und die Menge stob auseinander. Irena ließ sich endlich von Malecki tiefer in die Franciszkanska hineinführen. Aber immer wieder wandte sie sich um.

«Schau nicht mehr hin!» murmelte er. «Wozu denn?»

Sie gingen schweigend auf dem schmalen Gehsteig. Rings um sie war Gedränge und Lärm. Aus der Altstadt zogen immer neue Menschen heran, die neugierig waren, den Kampfplatz aus der Nähe zu sehen. Die Kanonade entlang der Mauern war nun völlig entfesselt. Das laute Echo der Schüsse wurde zwischen den engen Häuserreihen hin und her geworfen. Von den Dächern, den Balkonen, den Gesimsen flogen die Tauben auf und flatterten über der Gasse. Auf dem Gehsteig jagten zwei Jungen einander auf lärmenden Trittrollern. Der Himmel war bewölkt, es war windig und kalt, und dennoch roch es nach Frühling.

Am Ende der Franciszkanska blieb Irena stehen, ohne bis zur Franziskanerkirche vorzugehen.

«Wo sind wir? – Wozu gehe ich hier eigentlich?»

«Wieso: wozu?» verwunderte sich Malecki. «Du kommst zu uns.»

Und er fügte eilig hinzu:

«Sicher weißt du nicht, daß ich geheiratet habe?»

«Ich weiß es», gab sie kurz zurück.

«Von Fela Ptaszycka?»

«Ja.»

Sie standen an der Ecke der Fretagasse, dicht neben einem Stand mit Dotterblumen und Primeln. Durch die Gassen zogen viele Menschen. Das Stimmengewirr und das Gedränge veränderten völlig das Aussehen des sonst anheimelnden und stillen alten Viertels.

Malecki trat vom Rande des Gehsteigs weg.

«Also?»

An Irenas Gesichtsausdruck sah man, daß sie zögerte und nicht wußte, was sie tun sollte.

«Hast du irgendwo eine Bleibe?» fragte er.

«Vorläufig nicht.»

«Was überlegst du also? Das ist doch ganz einfach.»

Sie rührte sich jedoch nicht vom Fleck.

«Meinst du?»

Malecki fühlte, daß er ihr auf irgendeine Weise den Entschluß erleichtern müßte. Aber da jede gute Tat, die mehr dem Pflichtgefühl als einem wahren Herzensbedürfnis entspringt, Zwang und Anstrengung voraussetzt, so kostete es Malecki Mühe, die Widerstände seiner egoistischen Vorsicht zu besiegen. Und so verbarg er – wie es die Menschen in ähnlicher Lage so oft tun – den inneren Zwiespalt hinter übertriebener Herzlichkeit. Er entsann sich dessen, was Irena vor einer Weile gesagt hatte, und es lag ihm sehr daran, daß sie aus seiner Einladung nicht den Tonfall des Zwangs heraushörte, den er sich antat. Aber je herzlicher er ihr erklärte, daß sie einwilligen müsse, um so stärker empfand er die Ungleichheit ihrer Schicksale. Er war sich darüber klar, daß der Mensch nur dann einen anderen wahrhaft beschenkt, wenn er sich selbst dabei als der Beschenkte fühlt.

Irena hörte Maleckis Worten nur zerstreut zu, dafür betrachtete sie unverwandt und aufmerksam den Ausdruck seines Gesichts. Schließlich verstummte er, verlegen und auch ein wenig aus der Fassung gebracht durch ihren forschenden Blick. Ein Gefühl der Abwehr und Ungeduld erfaßte ihn. Er stockte im halben Satz.

Irena wandte ganz unerwartet die Augen ab.

«Gut, ich fahre mit!» sagte sie vor sich hin. «Ist es weit?»

Er beruhigte sich sofort.

«Ja, weit!» gab er fast fröhlich zurück.

Kaum hatte er den sorglosen Klang seiner Stimme vernommen, da empfand er ihn auch schon peinlich, als habe er eine Unzartheit begangen. Irenas Leid war nicht sein eigenes, und er fühlte, daß er dauernd auf sich achten, dauernd seine Reaktionen und Äußerungen kontrollieren müsse, um nicht unbewußt die Verschiedenheit ihrer Schicksale zu unterstreichen.

Abermals trat Schweigen zwischen ihnen ein. Malecki beschleunigte immer wieder den Schritt, verlangsamte ihn jedoch sogleich, da er ja wußte, daß Irena müde war und es ihr schwer wurde, ihm zu folgen. Plötzlich fiel ihm ein, sein Schweigen könnte in Irena den Verdacht aufkommen lassen, daß er seinen Entschluß schon bereue. Nach einer Weile war er nicht mehr ganz sicher, wie es sich tatsächlich verhielt. Vielleicht hatte er sich wirklich zu sehr beeilt? Hatte er denn das Recht, Anna einer solchen Gefahr auszusetzen? Rasch wies er diesen Zweifel von sich und vertiefte damit seine Unsicherheit nur noch mehr.

Durch die Freta- und Zakroczymskagasse zogen auf Gehsteigen und Fahrdämmen immer mehr Leute, die zu den Straßenbahnen strebten. Denn diese waren durch die Betriebsstörung im Nordteil der Stadt abgeschnitten und fuhren dort im Pendelverkehr. Der Weg führte durch einen dem Getto benachbarten Stadtteil. Man hörte ununterbrochen das Knallen von Schüssen.

Beim Park, der auf dem Terrain der ehemaligen Zitadelle entstanden war, brach Irena als erste das Schweigen.

«Es ist gut, daß du geheiratet hast. Ich war einmal ein bißchen in dich verliebt; aber es ist gut, daß du mich nicht heiraten wolltest.»

Malecki schwieg. Irena sah ihn mit leisem Lächeln an.

«Wir bringen kein Glück. Höchstens dann, wenn wir sehr viel Geld haben.»

Er blieb unwillkürlich stehen.

«Wieviel Bitternis in dir ist, Irena!»

«Bitternis?» staunte sie. «Warum? Das ist doch die Wahrheit.»

«Eine sehr bittere Wahrheit.»

«Nur für uns. Warum sollte das für dich bitter sein?»

Diesmal wollte sie jedoch sichtlich den Eindruck ihrer Worte verwischen, denn sie begann sogleich, Jan über seine jetzige Beschäftigung auszufragen und sich zu erkundigen, wie er lebe und wie er sich Rat schaffe. Malecki berichtete in Kürze. Seit einem Jahr war er in einer Firma beschäftigt, die den An- und Verkauf von Bauplätzen und Immobilien aller Art vermittelte. Er hatte viel Arbeit, die mit seinem eigentlichen Beruf als Architekt nur recht lose verbunden war; dafür war die Bezahlung nicht schlecht und reichte, zusammen mit den Provisionen, für den Lebensunterhalt aus.

«Deine Frau arbeitet nicht?» fragte sie.

«Nein.»

Er wollte schon erklären, daß sie bis vor kurzem in der

gleichen Firma wie er angestellt gewesen sei, jedoch jetzt, da sie ein Kind erwarte, die Arbeit niedergelegt habe. Im letzten Augenblick jedoch beschloß er, dies nicht zu erwähnen. Und wieder empfand er peinlich seine Unaufrichtigkeit gegen Irena.

«Und dein Zisterzienserkloster?» fragte sie.

Er war erfreut, daß sie sich dieser seiner Arbeit noch entsann. Leider war er seit dem vergangenen Sommer nicht mehr nach Grotnica gekommen, denn angesichts des Mangels an entsprechenden Mitteln hatten die weiteren Wiederherstellungs- und Konservierungsarbeiten auf bessere Zeiten vertagt werden müssen.

Er wurde jetzt zusehends lebhafter und begann angeregt zu berichten, was er bis jetzt in dem alten Kloster erreicht hatte.

«Bist du über Krakau gefahren?» fragte plötzlich Irena.

Er konnte es nicht leugnen. Und das Gespräch, das schon gut im Gange war, stockte wieder.

Als sie auf ihrem Weg zur Straßenbahn sich dem Muranowschen Teil des Gettos näherten, wurde der Lärm der Schüsse und das Geknatter der Maschinengewehre immer lauter vernehmbar. Also tobten auch in diesem Viertel verbissene Kämpfe.

Sie gingen jetzt schweigend längs der freien Fläche zwischen dem zart ergrünenden Park und den ziegelroten Befestigungen der alten Zitadelle. In der Ferne sah man wieder die Häuser des Gettos. Von der Weichsel blies ein scharfer, kühler Wind.

«Wie heißt deine Frau?» fragte Irena.

Er fuhr überrascht zusammen.

«Anna.»

«Ein schöner Name.»

Und nach einer Weile, als wollte sie nur reden, um die

näherrückende Kanonade nicht zu hören, fragte sie wieder:

«Sicher wird deine Frau erstaunt sein, mich zu sehen?»

«Aber nein!» bestritt er sofort mit etwas übertriebener Bestimmtheit. «Ich habe Ania sehr viel von dir erzählt.»

«Sicher wird sie nicht erstaunt sein», wiederholte er nach einer Weile.

Natürlich irrte er, was er übrigens wußte. Frau Malecka war weit davon entfernt, zu ahnen, daß sie an diesem Tag Fräulein Liliens Bekanntschaft machen würde.

Da sie wußte, daß Jan eher nach Hause kommen wollte, war sie über seine immer länger währende Abwesenheit beunruhigt. Als jedoch Wlodek Karski heimkehrte und lebhaft – sogar ein wenig übertreibend – schilderte, was in der Stadt vorging, hielt es sie nicht mehr länger in der Wohnung, und sie machte sich auf den Weg zur Endstation der Straßenbahn.

Gerade als sie dort ankam, entstieg Malecki mit Irena dem überfüllten Wagen. Sie sah die beiden von weitem. Zuerst dachte sie, daß die stattliche, schöne Frau an der Seite ihres Mannes eine zufällig in der Straßenbahn getroffene Bekannte sein müsse. Sie war sicher, Jan würde sich sofort verabschieden und auf sie zueilen, sobald er sie am Rand der Landstraße wartend erblickte. Aber da sie lange Stunden hindurch in Unruhe gewesen war, hatte sie sich den ersehnten Augenblick des Wiedersehens anders vorgestellt, und diese unvorhergesehene kleine Störung trübte ihre ganze Freude. Alle Angst um Jan schien ihr nun lächerlich und nicht notwendig.

Inzwischen verließen die Menschen in Scharen eilig die Straßenbahn. Inmitten der Menge, die plötzlich die Haltestelle umschwärmte, verlor Frau Malecka Jan aus den Augen. Auf der Landstraße fuhren soeben mit Zeltleinen bespannte deutsche Militärautos vorbei. Wolken weißen Staubes erhoben sich über dem Weg. Die Autokolonne war lang. Schwer dröhnend rollten die Lastwagen einer nach dem anderen dahin, und es vergingen immerhin ein paar Minuten, bis die bei der Haltestelle wartende Menge die Straße überqueren konnte.

Malecki hatte nicht geahnt, daß Anna ihm entgegengehen würde. Er schritt, in sein Gespräch mit Irena vertieft, weiter und sah sich nicht um. Sicher wäre er an seiner Frau vorbeigegangen, ohne sie zu bemerken, hätte sie ihm nicht im letzten Augenblick, ihre Hemmung unterdrückend, zugewinkt. Er blieb sofort stehen.

«Oh, da ist Ania!» sagte er zu Irena.

Aber das Gefühl der Freude erlosch sofort in ihm, als er bemerkte, daß sie das alte, getupfte Kleid anhatte, das oft umgearbeitet worden war und das er nicht mochte. Im Vergleich zu der schmucken Irena erschien sie ihm ärmlich und vernachlässigt. Er wußte, daß Irena dem Äußeren der Frauen große Bedeutung beimaß, und da er zu den Männern gehörte, die die Bestätigung ihrer Gefühle mit Vorliebe bei Außenstehenden suchen, so wünschte er, daß Anna den bestmöglichen Eindruck auf Irena machte. Er belud Anna daher sofort mit der Schuld für den vorauszusehenden Mißerfolg. Auch verstand er es leider nicht, zärtlich zu scheinen, wenn sein Stolz verletzt war.

Inzwischen traten sie an Frau Malecka heran. Diese schien sichtlich verlegen.

«Wartest du schon lange?» fragte er.

Sie verneinte mit einem Kopfschütteln.

Wie gewöhnlich in schwierigen Situationen, versuchte Malecki, sein Mißvergnügen durch Ungezwungenheit zu verdecken.

«Ich habe dir einen Gast mitgebracht!» sagte er in gekünsteltem, lebhaftem Tonfall. «Das ist Irena Lilien.»

Frau Malecka hob den Blick zu Irena und errötete leicht.

«Und das hier ist Ania», wandte er sich an Irena, indem er auf seine Frau wies.

Sie reichten einander schweigend die Hände. Malecki nahm den Hut ab. Es war ihm sehr warm geworden.

«Gehen wir also, nicht?» Sie traten den Heimweg an.

Der Weg, den man, von der Straßenbahn kommend, beschritt, um zu der ziemlich entlegenen Villa zu gelangen, in der Maleckis wohnten, war sandig und ganz dörflich. Auf der einen Seite dunkelte ein dichtes Kiefernwäldchen voll abendlichen Vogelgezwitschers, auf der anderen standen weiße, saubere Häuschen. Eines sah aus wie das andere. Sie schienen heiter und leicht, waren durch Gärtchen voneinander getrennt, Birnen- und Kirschenbäume schimmerten weiß, hier und da leuchtete ein rosenrotes Mandelbäumchen, und die jungen Birken waren von zartem Grün umhangen. In die Stille ringsum klangen helle Kinderstimmen. In einigen der Gärtchen wurde die Erde für die bevorstehende Aussaat umgegraben.

Nach dem wolkigen, windigen Tag klärte sich nun der Himmel zu Schönwetter, und im Westen wölbte er sich schon hell und frühlingshaft. Es roch nach frischer Erde und Kiefern.

«Hier bin ich noch nie gewesen», sagte Irena, um sich blickend. «Schön ist's hier.»

Dann achtete sie nicht mehr auf die Umgebung. Sie ging zwischen den Maleckis, und indem sie vorsichtig die zarten Füße auf den sandigen Boden setzte und den Regenschirm hin und her schwang, wirkte sie städtischer, als man dies von einer Frau erwartet hätte, die ein fast ländliches Leben gewöhnt gewesen war. Von Zeit zu Zeit blickte sie auf die schweigende Anna, ohne darauf zu hören, was Malecki von den Kämpfen im Getto erzählte. Natürlich mußte es ihr gleich aufgefallen sein, daß Frau Malecka schwanger war.

Jans Frau war weder hübsch noch eindrucksvoll. Die Schwangerschaft hatte bereits die schmächtige Silhouette deformiert und verlieh den Linien des Körpers die charakteristische Schwerfälligkeit. Sie bewegte sich auch recht unbeholfen. Aber bei all diesen Unzulänglichkeiten trug sie ihre Entstellung so natürlich, daß der Zustand, in dem sie sich befand, gar nicht störend wirkte. Sie hatte lichtes, aschblondes Haar und unregelmäßige, fast gewöhnliche Züge. Der Mund war zu breit und die Backenknochen zu stark vorstehend. Das einzig wirklich Hübsche in diesem Gesicht waren die braunen, feuchten, sehr warm blickenden Augen.

Als die Holzhäuser und das Wäldchen zu Ende gingen und ein Feld begann, das von ganz jungem Roggen grünte, fragte Irena:

«Ist es noch weit?»

«Jetzt ist es nicht mehr weit», ergriff zum erstenmal Frau Malecka das Wort. «Gleich hinter den Häusern dort.»

Diese Häuser standen hinter dem Feld, doch verdeckten sie nur einen Teil des Horizonts. Die Westseite dagegen weitete sich zu einer ausgedehnten Landschaft. Dort begann die Gegend ganz ländlich zu werden. Man sah Wiesen, einen grauen Streifen noch unbelaubter Linden und Pappeln, dahinter Hütten und in der Ferne den violetten Schatten von Wäldern. Die Sonne ging dort rot und groß unter, was auf windiges Wetter schließen ließ.

Am Ende des Feldes begann ein stilles Gäßchen mit

Häusern im Stil polnischer Gutshöfe. Vor jedem solchen kleinen Gutshaus war ein Gärtchen, umsäumt von Flieder und noch unerblühten Akazien. Durch dieses Gäßchen gelangte man zu dem Haus, in dem Maleckis wohnten.

«Wann wird dein Sohn zur Welt kommen?» wandte sich Irena unerwartet an Malecki.

Die Frage überraschte ihn ein wenig.

«Warum gerade ein Sohn?»

«Wollt ihr denn keinen Sohn?»

«Natürlich wollen wir!» lachte er.

«Wann also?»

«Mitte Juni», erklärte Frau Malecka.

Irena wurde nachdenklich.

«Das ist noch furchtbar lang...»

«Aber woher denn!» widersprach Malecki. «Das sind doch nur zwei Monate.»

«Das ist sehr lang – zwei Monate», wiederholte Irena.

Frau Malecka berührte leicht ihre Hand.

«Ja, das ist wirklich sehr lang: zwei Monate, jetzt... Aber man muß ein wenig Zuversicht, ein wenig Vertrauen haben», sagte sie mit ihrer tiefen, warmen Stimme.

Die andere lachte gekünstelt.

«Ich habe leider gar kein Vertrauen! Ich möchte nur leben.»

«Gerade um zu leben, braucht man Vertrauen!» warf Malecki ein.

Irena Lilien sah ihn etwas spöttisch an.

«Vertrauen, worauf?»

«Auf das Leben», faselte Malecki weiter.

Irena lächelte geringschätzig.

«Höchstens das.»

Aber Malecki konnte nun nicht mehr einhalten. Er

blieb stehen und rief mit einem Nachdruck, als habe er etwas Ungewöhnliches entdeckt:

«Und doch sagst du, daß du leben willst! Was ist dies anderes als Vertrauen zum Leben?»

Irena zuckte die Schultern und hob leicht ihren Regenschirm.

«Vertrauen zum Leben?» wiederholte sie. «O nein! Das ist ganz einfach so: je mehr Tote man rings um sich sieht, desto stärker wünscht man selbst zu leben. Weiter nichts...»

Sie schwiegen.

«Das ist unser Haus!» Frau Malecka wies auf eine Villa, die zwischen jungen Fichten stand. Vor dem Haus spielten zwei kleine Jungen und ein dunkelhäutiges, schwarzhaariges, sehr an Wlodek Karski erinnerndes Mädchen. Es war dies die kleine Terenia Karska.

Sie stand etwas abseits, hatte die Ärmchen auf dem Rükken verschränkt und sah zu, wie die beiden mit Sand und Lehm beschmutzten Jungen eine lange Mauer aus Steinen, Zweigen und Glassplittern bauten.

«Was macht ihr denn da?» fragte Frau Malecka, bei ihnen stehenbleibend. Einer der Knirpse hob sein pausbäckiges, verschmiertes Kindergesicht.

«Das ist das Getto!» Er wies stolz auf die Mauer.

In der Haustür sprach die Majorin Karska – eine schlanke, gleich ihren Kindern dunkelhäutige Person – mit einer gedrungenen, stämmigen Frau. Letztere sah die vorübergehende Irena scharf prüfend mit feindselig zugekniffenen Augen an.

Irena mußte es bemerkt haben, denn gleich auf der Treppe fragte sie:

«Was ist das für eine Frau? Die unten – die Dicke? Wohnt sie hier?»

«Ja», antwortete Frau Malecka, «im Parterre.»

«Was ist das für ein Mensch? Weißt du es?»

Malecki zuckte die Achseln.

«Keine Ahnung! Sie heißt Piotrowska, hat einen Mann, der jünger ist als sie, und fährt in Schleichhandelsgeschäften herum. Das ist alles.»

Irena wurde nachdenklich. Nach einer Weile, schon vor der Wohnung der Maleckis, kam sie nochmals auf das Thema zurück.

«Sie hat mich nicht gerade wohlwollend angesehen.»

Malecki dachte das gleiche; darum widersprach er lebhaft.

«Das scheint dir nur so!»

«Glaubst du?» Sie sah ihn flüchtig an. «Das wäre gut. Ich möchte nicht, daß ihr um meinetwillen irgendwelche Unannehmlichkeiten habt.»

Malecki wurde abweisend.

«Du bist überempfindlich!» sagte er viel rauher, als er beabsichtigt hatte.

Und wieder kamen ihm Bedenken, ob er richtig gehandelt habe, als er Irena ins Haus nahm. Sie sah jüdisch aus, das unterlag keinem Zweifel. Doch kannte er Irena zu lange, um beurteilen zu können, welchen Eindruck sie auf jemanden machte, der sie zum erstenmal sah.

Bald nachdem sie Irena in Jans sogenanntem Arbeitszimmer untergebracht hatte, ging Frau Malecka in die Küche, um sich der Bereitung des Abendessens zu widmen. Irena hatte inzwischen ihren Schirm auf den Tisch gelegt und war im Begriff, langsam den Hut abzunehmen. Plötzlich wandte sie sich mit noch über dem Kopf erhobenen Armen an den ihr zusehenden Jan.

«Warum beobachtest du mich so?»

Er schwieg eine Weile. Endlich antwortete er:

«Du hast dich eigentlich gar nicht verändert.»

Irena legte den Hut neben den Schirm und setzte sich auf die Tischkante.

«Dafür du um so mehr!»

«So?»

«Ja, leider! Du bist älter geworden, weniger hübsch... Wirklich!» bekräftigte sie, als sie sein verdutztes Gesicht sah. «Ich glaube, daß ich mich jetzt nicht mehr in dich verlieben könnte.»

Malecki fühlte, daß es am besten sein würde, das Gespräch in einen Scherz zu verkehren.

«Ich vermute, du hast das nie getan!»

«Aber natürlich!» lachte Irena. «Glaubst du, das hätte anders sein können?»

Einer Antwort wurde Malecki durch die Glocke der Eingangstür enthoben. Es war Wlodek Karski.

Das blaue Sporthemd unterstrich die Dunkelheit seiner Haut und ebenso die Schwärze seines Haares.

«Verzeihen Sie», er verbeugte sich, «ist Herr Malecki... Herr Julek da?»

«Mein Bruder?» wunderte sich Malecki.

Er wußte seit mehreren Wochen nichts von ihm. Julek war noch im Februar in die Provinz gefahren – weiß Gott wohin und wozu –, wie immer in nicht näher bezeichneten, geheimnisvollen Angelegenheiten.

Inzwischen kam Anna aus der Küche. Als sie den jungen Karski erblickte, lächelte sie.

«Ach, du bist's, Wlodek.»

Der wurde rot und grüßte höflich.

«Ich wollte zu Julek... Darf man?»

«Komm etwas später, Wlodek.»

Der Junge nickte.

«Gut. Aber bitte sagen Sie Julek, daß ich da war.» Er grüßte und lief, mit seinen genagelten Schuhen klappernd, hinauf.

Malecki folgte seiner Frau in die Küche, die nicht groß, aber hell war.

«Du hast mir gar nicht gesagt, daß Julek da ist. Lange schon?»

«Gleich nach Mittag ist er gekommen», antwortete sie. «Übrigens hat er die ganze Zeit geschlafen.»

Auf dem Fußboden neben der Kredenz standen Juleks hohe Stiefel. Tadellos blank, sichtlich schon nach der Reise sorgfältig geputzt. Jan setzte sich auf den nächsten Stuhl. An der Lehne hingen, flüchtig hingeworfen, Juleks Breeches. Dicht neben den Stiefeln lagen die Wollsocken auf dem Boden.

Anna schnitt, beim Tisch stehend, Brot auf.

«Hat er was gesagt?» fragte nach einer Weile Jan.

«Julek?» lächelte sie. «Kennst du ihn denn nicht? Ich glaube, er war furchtbar müde; er sagte nur, es sei alles in Ordnung, und ging schlafen. Jetzt badet er.»

Wirklich hörte man durch die Wand, die die Küche vom Badezimmer trennte, das Rauschen und Plätschern der Brause.

Plötzlich tönte von unten herauf Frau Piotrowskas schallende Stimme:

«Wacek! Wacek!»

Wacek war ihr Sohn. –

Malecki saß vorgeneigt, die Ellbogen auf die Knie gestützt, das Gesicht zwischen den Händen. Schließlich hob er den Kopf.

«Hör einmal, was meinst du – sieht Irena sehr jüdisch aus?»

Anna zögerte.

«Gar so sehr nicht.»

«Aber doch genug?»

«Eigentlich schon. Sie ist übrigens sehr schön.»

Maleckis Gesicht verdüsterte sich.

«Um so schlimmer! Sie fällt dadurch nur desto mehr auf. Ich weiß wirklich nicht, ob ich gut daran getan habe, sie hierher zu bringen.»

Anna richtete sich auf und hielt im Brotschneiden inne.

«Ich denke doch», gab sie nach einer Weile zurück.

Er bedurfte jedoch einer noch stärkeren Bekräftigung.

«Sagst du das im Ernst? Wirklich?»

Anna wandte sich zu ihm.

«Kennst du mich denn tatsächlich so wenig?»

In ihrer Stimme klang der Anflug eines Vorwurfs mit.

Er gab keine Antwort mehr. Aus dem Badezimmer tönte Juleks fröhliches Pfeifen herüber. Eine Regung des Unwillens stieg in Malecki auf, aber er kehrte zum unterbrochenen Thema zurück.

«Sie hat sich sehr verändert.»

«Irena?»

«Ja. Sie ist schwierig... du ahnst nicht, wie schwierig!»

Anna wurde nachdenklich.

«Wie soll sie denn sein?»

«Ja», gab er zu, «das ist wahr. Weißt du, sie fühlt sich jetzt als Jüdin.»

Er war enttäuscht, als sie nichts erwiderte. Er hatte das Gespräch in der Absicht begonnen, Anna in seinen Zwiespalt hineinzuziehen und für sich selbst damit eine Entschuldigung zu haben. Er hatte genug moralisches Empfinden, um ein Bedürfnis nach Rechtfertigung zu fühlen, aber nicht genug, um diese nicht zu brauchen und zu suchen. Die Taten beurteilte er nach ihren Beweggründen;

für die Beweggründe jedoch, von denen er wußte, daß sie oft zueinander in Widerspruch stehen, fand er kein richtiges und gleichbleibendes Maß und Urteil. Es war dies ein finsteres und brüchiges Dickicht, in dem er sich verstrickte und verlor. So empfand er es in diesem Augenblick. Er erhob sich, und ehe er seine Gereiztheit unterdrücken konnte, entschlüpften ihm die Worte:

«Warum hast du dieses Kleid angezogen?» Er blickte seine Frau feindselig an. «Du siehst doch gräßlich aus darin!»

Anna erwartete seit Beginn des Gesprächs, daß Jan dies sagen würde. Schon auf dem Weg zur Straßenbahn hatte sie daran gedacht. Sie wußte, daß Jan dieses unglückselige, getupfte Kleid nicht ausstehen konnte. Übrigens mochte sie selbst es auch nicht. Beim Verlassen des Hauses war sie jedoch so beunruhigt gewesen, daß sie das Umkleiden ganz vergessen hatte. Unterwegs hatte sie überlegt, ob es nicht besser wäre, umzukehren und ein anderes Kleid anzuziehen. Aber gerade in diesem Augenblick hatte sie von fern die Straßenbahn kommen gehört und war nicht mehr umgekehrt. Unverbesserlich gab sie sich immer wieder der Illusion hin, daß ihr weibliches Maß für die Wichtigkeit von Gefühlen und Angelegenheiten auch das Maß des Mannes sein müsse, den sie liebte. Doch allen Wünschen zum Trotz ist die Liebe zweier Menschen oft ein gegenseitiges Sichverfehlen.

«Ich kann mich ja gleich umziehen», sagte sie ruhig.

Bevor er noch die Schärfe seiner Worte durch eine Antwort mildern konnte, knallte laut die Badezimmertür und gleich darauf erschien Julek in der Küche, ausgeruht und gebadet, mit noch nassem Haar. An Körpergröße überragte er den Bruder, und so war ihm der entliehene Schlafanzug zu kurz.

«Da bist du ja!» wandte er sich an Jan. «Servus Alter! Wie geht's dir?»

Malecki begrüßte ihn etwas kühl.

«Gut. Und dir?»

«Wie du siehst. Ihr habt ein prima Badezimmer. Ich habe mich für alle Zeiten gereinigt. Der Schlafanzug ist von dir, wie du dir wohl denken kannst. Ich hab ihn aus dem Kasten genommen. Bist nicht bös?»

Malecki zuckte die Achseln.

«Zieh dich lieber an, gleich wird das Abendessen fertig sein.»

«Herrlich!» freute sich Julek. «Ich habe fürchterlichen Hunger. Gleich bin ich soweit; ich nehme nur meinen Kram hier weg.»

Er bückte sich nach den Stiefeln und Socken, und da ihm bei dieser Bewegung die Haare in die Stirn fielen, strich er sie energisch zurück.

«Ich hoffe, daß ihr mich beherbergen werdet, was?»

«Natürlich, Julek», sagte Frau Malecka vom Fenster her. «Was hast du denn gedacht?»

«Ich danke euch! Bis spätestens Donnerstag, Freitag... Hast du eine Zigarette?» wandte er sich an den Bruder.

Jan zog sein Etui heraus. Der andere nahm eine Zigarette und zündete sie an der Gasflamme an.

«Fährst du wieder fort?» fragte Jan.

«Ich weiß noch nicht, ich werde noch sehen!»

Die Stiefel und Socken unter dem Arm festhaltend, die Zigarette zwischen den Zähnen, zog er seine Hose vom Sessel. Als er sie über die Schulter werfen wollte, fiel ein kleiner Revolver heraus.

Julek bückte sich rasch, packte die Waffe und schob sie in die Tasche der Breeches zurück. Dabei errötete er; sein gebräuntes Gesicht wurde sehr dunkel.

Anna hatte nichts bemerkt und Jan beschloß, diesen Zwischenfall ohne Kommentar zu lassen.

«Wo werdet ihr mich hinlegen?» fragte Julek, noch etwas verlegen. «Ins Arbeitszimmer?»

Anna dachte nach.

«Wohl ins Speisezimmer. Du wirst es dort allerdings nicht bequem haben.»

«Unsinn! Für mich ist es überall bequem.»

«Im Arbeitszimmer haben wir nämlich schon einen Gast –»

«Oh!» interessierte sich Julek. «Wer ist es denn?»

«Du kennst sie nicht», sagte Jan.

«Eine Frau?»

«Irena Lilien.»

Julek, der seinerzeit vom Bruder über Liliens und Smug nur gehört hatte, pfiff vor Verwunderung durch die Zähne, sagte jedoch nichts. Er wandte sich schon zur Tür, als Anna sich an Wlodek erinnerte.

«Ach, Julek! Vorhin war Wlodek Karski hier und fragte nach dir.»

Julek blieb stehen.

«Wlodek?» Er dachte nach. «So ein Dunkelhäutiger, Schwarzer?»

«Ja, er wohnt hier, über uns.»

«Ich weiß schon, ich weiß!» nickte Julek und lächelte.

Wäre nicht dieses Lächeln gewesen, das sich deutlich auf gemeinsame Angelegenheiten der beiden bezog, hätte sich Jan vielleicht beherrschen können. So aber ließ er seiner Gereiztheit freien Lauf.

«Wie ich sehe, nimmst du dich sehr eifrig der Aufklärung von Jugendlichen an?»

Julek runzelte die Stirn und nahm sofort eine aggressive Haltung an.

«Wieso? Nimmst du es mir etwa übel?»

«Jawohl.»

«Schade! Für dich natürlich.»

Malecki wurde blaß vor Ärger.

«Du bist einige zwanzig Jahre alt und kannst mit dir machen, was dir gefällt...»

«Das will ich hoffen!» brummte Julek.

«Aber bist du dir auch klar darüber, was du solchen Burschen wie diesem kleinen Karski antust, wenn du sie in diese Geschichten hineinziehst?...»

Er wies dorthin, wo der Revolver hingefallen war.

«Was redest du da!» fuhr Julek heftig auf. «Es geht nicht nur um diese Dinge! Es wird für etwas Höheres gekämpft, für... Übrigens, wozu soll ich dir 's erklären? Eines will ich dir nur sagen: Schade, daß dich niemand aufgeklärt hat – wie du es nennst –, als du sechzehn warst!»

«Oh!» warf Jan ein.

«Jawohl! Du hättest dann weniger Zeit für deine Konflikte gehabt und wärest nicht zu einem... ach, was», er vollführte mit den Socken eine wegwerfende Bewegung. «Den Rest kannst du dir selber sagen.»

Malecki zuckte zusammen, verbarg sich jedoch gleich hinter einer geringschätzigen Miene.

«Was weißt du schon von mir!»

«Ich?» Julek kniff die Augen ein. «Ich weiß von dir gerade so viel, wie nötig ist, um dich zu beurteilen. Nur du selbst weißt zu viel von dir – und zu wenig, aber das kommt auf das gleiche heraus!»

Jan lächelte ironisch.

«Du beginnst zu philosophieren, wie ich sehe. Sehr schön. Aber man kann nicht sagen, daß du nicht eingebildet bist.» Der andere wollte schon erwidern, als sein Blick zufällig auf die Schwägerin fiel.

Sie stand mit gesenktem Kopf am Tisch und wandte den beiden Männern das Profil zu. Der Schatten der Wimpern fiel auf ihre Wange. Sie sah nachdenklich und traurig aus.

Sofort beruhigte sich Julek. Er warf die Breeches besser über die Schulter und trat auf den Bruder zu.

«Sei nicht bös, Alter! Ich hatte nicht die Absicht, dich zu kränken.»

Aber Jan wollte nicht so schnell nachgeben.

«Es scheint, du tust oft genug etwas unabsichtlich.»

Juleks Lippen bebten und seine Wangen wurden dunkler. Er neigte den Kopf. Nach einer Weile erst hob er die Augen und lächelte.

«Du bist ein guter Beobachter», sagte er leichthin. «Ich gehe mich anziehen.»

Und er verließ die Küche, indem er nach seiner Gewohnheit die Tür zu laut hinter sich schloß. Nach einer Weile ertönte aus dem Schlafzimmer der Maleckis, wo er seine Sachen gelassen hatte, lautes Pfeifen.

Jan stand einen Augenblick, ohne sich zu bewegen, und biß nachdenklich seine Lippen. Endlich wandte er sich an seine Frau.

«Angenehm ist dieses Brüderchen, was?»

Anna legte die abgeschnittenen Brotscheiben auf einen Teller.

«Du weißt ja, daß ich Julek sehr gern habe.»

«Du kennst ihn fast gar nicht.» Er zuckte die Achseln. «Wie oft hast du ihn schon gesehen? Kaum einige Male.»

«Ich weiß», gab sie zurück. «Aber dich kenne ich im Grunde doch auch nur sehr wenig.»

Er ging auf sie zu, nahm ihre Hände und sah ihr in die Augen.

«Was ist das Neues?»

Sie lächelte leicht.

«Nichts Neues! Es ist so.»

«Das hast du noch nie gesagt.»

«Nützt denn das Reden etwas?» Sie sah ihn an. «Übrigens, nicht nur ich kenne dich nicht. Auch du kennst mich nicht.»

Und sie fügte leise hinzu:

«Manchmal bemühst du dich nicht einmal darum.»

Er gab keine Antwort. Nur seine Hände zog er nach einer Weile zurück und trat ans Fenster.

Bläuliche Dämmerung verdichtete sich ringsum. Der Abend wurde freundlich und still. Unten ging ein leiser Wind über die Wipfel der Fichten. Quer über die Gasse, mit hellem, aus der Stirn geschobenem Hut und über die Schultern geworfenem Rock, kam Piotrowski auf das Haus zu – der junge Ehemann der dicken Schleichhändlerin aus dem Erdgeschoß. Eben blieb er stehen und blickte, seine von einem Gürtel gehaltene Hose hochziehend, hinter einem Mädchen her, das auf dem Gehsteig in entgegengesetzter Richtung vorbeiging.

Anna nahm die Teller aus der Kredenz.

«Lieber», sagte sie, «Irena ist drüben allein.»

«Richtig», erinnerte er sich. «Ich gehe schon. Wird das Abendessen bald fertig sein?»

«In einer Viertelstunde spätestens.»

Er wollte gehen, aber plötzlich drang aus der tiefen Stille ein sehr fernes Getöse von Schüssen. Er blieb stehen und horchte.

«Höre doch!» winkte er seiner Frau. «Jetzt!»

Sie trat näher heran. Beide horchten einen Augenblick gemeinsam. «Jetzt wieder!» fing Malecki die fernen Salven auf. «Man hört es ganz deutlich.»

Sie nickte nur.

«Wieder!»

Anna trat zurück. Nach einer Weile sagte sie:

«Was glaubst du, wird ihnen von unserer Seite jemand helfen?»

Malecki zuckte die Achseln.

«In *der* Situation? Wie stellst du dir das vor? Auf welche Weise? Sind nicht genug der Unsrigen zugrunde gegangen und gehen noch immer zugrunde?»

Sie schüttelte den Kopf.

«Das ist nicht so einfach.»

Er zog es vor, mit einer Frage zu antworten.

«Was ist nicht einfach?»

«Das dort.» Sie wies in die Richtung des Gettos. «Du wirst vielleicht darüber lachen, was ich sagen werde...»

«Ich?»

«Ich weiß nicht. Vielleicht auch nicht... aber...»

Was sie sagen wollte, verwirrte sich, und sie verstummte. Jan trat auf sie zu.

«Ania!» flüsterte er herzlich.

Sie hob den Blick, der so traurig war, wie er ihn an ihr kaum je gesehen hatte.

«Wir werden später darüber reden. Abends, wenn wir allein sind, ja?»

«Ist dir das lieber?»

«Ja.»

«Gut», gab er nach. «Ich werde dich daran erinnern.»

«Und jetzt geh zu Irena, geh schon!»

Er zögerte.

«Geh, Lieber!» bat sie.

Er ging schweren Herzens und stand noch eine Weile im Vorraum. Im Schlafzimmer summte Julek halblaut. Er mußte schon angezogen sein, denn man hörte, daß er in seinen Militärstiefeln umherging. Hinter der Glastür zeichnete sich der Schatten seiner hohen Silhouette ab. Am anderen Ende des Korridors, im sogenannten Arbeitszimmer, herrschte Stille.

Jan entschloß sich endlich und trat ein.

Irena stand bei der halboffenen Balkontür, an den großen Zeichentisch gelehnt. Sie hatte bereits ihre Jacke abgelegt, und das sehr zarte Opal der Bluse unterstrich die Dunkelheit ihres schweren, üppigen Haares.

Beim Klang des Türöffnens wandte sie sich um.

«Verzeih!» begann Malecki sich zu entschuldigen. «Aber es stellte sich eben heraus, daß mein Bruder gekommen ist; ich wußte nichts davon.»

«Dein Bruder?» verwunderte sie sich.

«Du kennst ihn nicht. Julek.»

«Ach ja!» entsann sie sich. «Das ist der, um den du dich immer gesorgt hast?»

«Ganz richtig! Übrigens habe ich jetzt aufgehört, mich zu sorgen.»

Irena blickte wieder zum Balkon hinüber.

«Höre mal, nach welcher Seite gehen hier die Fenster? Ich kenne mich nicht recht aus...»

«Dort ist Osten!» Er wies mit der Hand in die Richtung auf die Weichsel.

«Warte», überlegte sie, «dann wird das Getto dort sein?»

«Etwas mehr südlich.»

Sie blickte flüchtig hin und kehrte sofort zum vorigen zurück.

«Was tut dein Bruder?»

«Julek?» antwortete er gleichgültig. «Ich weiß es nicht. Ich nehme an: dasselbe, was der Großteil seiner Altersgenossen tut.»

Irena lachte kurz.

«Er ist doch noch ein Lausbub!»

«Na, sagen wir...»

«Richtig», überlegte sie, «ich vergaß, es ist lange her, daß du mir von ihm erzählt hast. Wie lange wohl? Drei Jahre, mehr noch...»

Beide dachten in diesem Augenblick an Smug und an die Zeiten, die in so ferne Vergangenheit zurückgesunken waren, daß sie kaum noch wirklich schienen. Doch Malecki wollte jetzt keine Erinnerungen heraufbeschwören. Ehe er aber etwas sagen konnte, um dem Lauf des Gesprächs eine andere Richtung zu geben, war Irena ihm schon zuvorgekommen.

«Damals in Smug hast du nicht gedacht, daß ich eines Tages bei dir erscheinen würde, wie jetzt... in deinem Hause, nicht wahr?»

«Niemand hat es gedacht», antwortete er mit einem Anflug von Unwillen.

Sie begann plötzlich zu lachen. «Du hast schließlich dein Leben! Wie du es wolltest, nicht?»

«Ja, das habe ich», gab er kurz zurück.

«Siehst du! Was kann man mehr verlangen?»

Er hielt es nicht länger aus.

«Du sagst das wie einen Vorwurf...»

«Ich?» staunte sie in vollkommener Aufrichtigkeit. «Warum? Das scheint dir nur so!»

«Wirklich?»

«Ja doch!»

Sie revanchierte sich mit seinen eigenen, auf der Treppe gesprochenen Worten:

«Du bist überempfindlich!»

Er verstand die Anspielung, doch ließ er sie unbeachtet. Irena hatte sich abgewandt und stand in der Balkontür.

Vom Nachbargärtchen duftete der Flieder herüber. Ein hoher, grauhaariger Mann begoß aus einer grünen Gießkanne kleine, sorgfältig aufgeworfene Beete. Hinter ihm trippelte ein zweijähriger Knirps, pausbäckig und rosig, in blauem Hemdchen und braunem Höschen. An der Leine, die zwischen zwei blühenden Apfelbäumen gespannt war, trocknete Kleinkinderwäsche. Entlang des Fußweges hinter dem Garten trieb ein hellhaariger Junge eine Schar Ziegen vor sich her. Ein weißes Böckchen hüpfte fröhlich.

«Weißt du», wandte sich Irena um, «auf die Dauer muß die Ruhe hier ermüdend wirken, nicht?»

«Glaubst du, daß es hier so ruhig ist?»

«Sieh nur, welch ein Idyll!» Sie wies auf das nachbarliche Gärtchen.

Er trat näher heran.

«Hab ich nicht recht?» wiederholte sie.

Malecki kannte vom Sehen und Hören die Menschen, die da in der Nachbarschaft wohnten. Er wußte, daß der Vater des Kleinen vor einigen Monaten festgenommen und unlängst im Pawiak erschossen worden war; die Mutter des Jungen – die Tochter des grauhaarigen Mannes – hatte man in das Frauenlager Ravensbrück verschleppt. Er entsann sich gut der winterlichen Tauwetternacht, als er und Anna durch das nahe Brummen eines Autos aus dem ersten Schlaf gerissen worden waren. Er hatte sich rasch erhoben und war, im Dunkel tastend, ans Fenster getreten. Damals nächtigte gerade Julek bei ihnen. Das Auto fuhr ganz langsam auf das Haus zu. Im Lichtstreifen der abgeblendeten Scheinwerfer sah man das Nieseln des feinen Regens. Jan war sicher, daß der Wagen vor ihrem Haus halten würde. Er blieb tatsächlich knapp davor stehen. Doch niemand stieg aus. Es war ganz still. Nur der Regen peitschte gegen die Scheiben. Nach einer Weile setzte sich das Auto in Bewegung und hielt unweit – gerade vor der Nachbarvilla. Die Scheinwerfer erloschen, die aussteigenden Personen konnte man nicht sehen. Nur das Zuschlagen der Wagentür war hörbar, und in der Dunkelheit blitzten die Taschenlampen auf. Dann vernahm man lautes Poltern an der Eingangstür. Im Erdgeschoß flammte in einem Fenster Licht auf. Es brannte fast bis zum Morgen, lange noch, nachdem das Auto weggefahren war...

Er wollte Irena von alledem erzählen, sie darüber aufklären, was sich in Wirklichkeit hinter jenem Idyll – wie sie es nannte – verbarg. Aber schon die ersten Worte blieben ihm im Hals stecken.

«Sag selbst», wiederholte Irena, «ist das nicht ein Idyll? Ganz wie ein kleines Bild, dieses Gärtchen, der Friede, der alte Herr, der die Beete gießt...»

«Ja, wirklich», gab er zu, «es sieht so aus.»

Beim Abendessen wurde anfangs ein allgemeines Gespräch über belanglose, gleichgültige Themen geführt. Man sprach ein wenig über die Neuigkeiten von den Fronten, ein wenig vom Wetter, man erzählte Klatsch und Anekdoten, die in Warschau kreisten; eigentlich sprach man von nichts. Julek nahm kaum an der Unterhaltung teil. Er hatte fast nicht den Mund aufgemacht. Schweigend saß er da, aß mit Appetit, bediente sich wiederholt, und nur von Zeit zu Zeit runzelte er mit deutlicher Ungeduld seine dunklen, in dichten Bogen gezeichneten Augenbrauen.

Am meisten sprach Jan. Er entwickelte sogar ein wenig zu viel Lebendigkeit. Und inmitten seiner Anstrengungen, die in keinem Verhältnis zur Öde des Gesprächs standen, fiel ihm plötzlich jene mißglückte letzte Mittagsgesellschaft in Zalesinek ein, bei der Irena in ähnlicher

Weise bestrebt gewesen war, ihre innere Unruhe zu verdecken. Sofort erlosch er, blieb in seiner unnötig begonnenen Erzählung stecken, und das Gespräch, das seit einiger Zeit offensichtlich gekünstelt und für alle mühsam geworden war, begann unschädlich zu verglimmen. Schließlich ging es in verlegenem Schweigen unter, und Anna, welche sich stets in der Atmosphäre vertrauter und konkreter Gespräche am wohlsten fühlte, war als Hausfrau nicht gewandt genug, die Stimmung bei Tisch entsprechend zu lenken. Irena hätte dies, wenn sie willens gewesen wäre, tun können, aber jetzt war ihr gar nicht daran gelegen.

Die Fenster im Speisezimmer waren weit geöffnet, eine bläulichgraue Dämmerung lag jetzt mitten im Raum. Wegen des Verdunklungszwanges zündete man noch kein Licht an. Im übrigen begünstigte das Halbdunkel, das die Gesichtszüge der Sitzenden verwischte, das überlange Schweigen.

Plötzlich begann unten in einer der Wohnungen, in welcher die Fenster ebenfalls offen zu sein schienen, eine Ziehharmonika zu spielen. Irena hob den Kopf.

«Das ist der vom Parterre», murmelte Jan, «der Piotrowski.»

Der Klang der Ziehharmonika kam näher und entfernte sich wieder. Offenbar ging Piotrowski spielend in der Wohnung auf und ab.

Gerade begann im elektrischen Teekessel das Wasser zu summen. Anna erhob sich, um den Tee zu bereiten. Jan schob zuerst Irena die Zigaretten hin, dann dem Bruder. Julek lehnte ab.

«Meine sind mir lieber. Sind stärker.»

Er entnahm seiner Rocktasche eine Schachtel mit Tabak und Zigarettenpapier und begann eine Zigarette zu drehen, und während Jan ohne nennenswerten Erfolg bestrebt war, seinem Feuerzeug ein Flämmchen zu entlokken, schob er Irena die Schachtel zu.

«Vielleicht wollen Sie so eine rauchen? Guter Tabak – aus Miechow.»

Ungeübter als Julek, wenn auch nicht ungeschickt, machte sie sich an das Drehen einer Zigarette.

«Waren Sie jetzt in Miechow?» interessierte sie sich.

«Unter anderem», gab er ausweichend zurück. «Kennen Sie die Gegend?»

Sie nickte nur.

«Wo waren Sie?» fragte sie.

«Überall ein bißchen.»

«Auch in der Gegend von Obarow?»

«Auch.»

«Dort irgendwo hast du, glaub ich, zuletzt gewohnt», mischte sich Jan ins Gespräch.

«Ja – aber nicht zuletzt.»

Trotz der Dämmerung, die sich von draußen her immer dichter zwischen die Wände schob, sah man auf ihrem über den Tisch geneigten Antlitz ein ironisches, halbes Lächeln erscheinen.

«Gute Menschen pflegen dafür zu sorgen, daß ich nicht zu lange auf einem Fleck sitzenbleibe.»

Anna hatte gerade die Teetassen aufgestellt und zwischen dem Gatten und Julek Platz genommen. Bei Tisch herrschte Schweigen. Piotrowski spielte irgendeinen Vorkriegsschlager; diesmal stand er wohl direkt am Fenster.

Unnötigerweise fühlte sich Jan durch Irenas Worte persönlich getroffen. Die nicht zu Ende gerauchte Zigarette im Aschenbecher zerdrückend, äußerte er:

«Ich nehme an, daß du Gelegenheit hattest, nicht nur solchen ‹guten Menschen› zu begegnen?»

«Nein, nicht nur», antwortete sie ruhig. «Aber findest du, daß die wirklich Guten jene anderen entschuldigen?»

Ehe er antworten konnte, neigte sich Julek über den Tisch zu ihm.

«Weißt du, Janek, was mir eingefallen ist? Die alten Zeiten, als wir zusammen in der Poznanskastraße wohnten, erinnerst du dich? Du gingst aufs Technikum, und ich war noch ein Schuljunge. Damals kamen unausgesetzt deine Kommilitonen daher ... wie hieß doch diese Burschenschaft von dir ... Arconia, nicht? Ich entsinne mich, daß ich einmal im Vorzimmer fünf ‹Deckel› zählte und ebenso viele dicke Spazierstöcke. Das hat mir damals riesig imponiert. Erst später erfuhr ich, daß die Herren Burschenschafter mit diesen Spazierstöcken auszogen, um Juden zu prügeln und die Scheiben in den kleinen Läden der Malewskistraße einzuschlagen.»

Irena betrachtete die ganze Zeit hindurch mit großer Aufmerksamkeit den Sprecher.

«Sie prügelten auch ihre jüdischen Kommilitonen», warf sie leise ein.

Malecki schob seine Teetasse heftig zur Seite.

«Was mich anbelangt, so scheint mir, daß ich nie mit einem burschenschaftlichen Spazierstock umhergelaufen bin; auch habe ich mich nie mit derartigen Kampfmethoden solidarisch erklärt.»

Julek lächelte widerspenstig.

«Und mit welchen Methoden hast du dich solidarisch erklärt?»

«Wieso mit welchen?»

«Mit den Methoden des Antisemitismus, des Faschismus, oder wie du es nennen willst?»

«Ich?» empörte sich Jan.

Juleks unerwartete Worte überraschten auch Irena.

«Da muß ich aber Ihren Bruder in Schutz nehmen...»

«Erlaube!» unterbrach Jan sie rauh.

Mit energischer Bewegung strich Julek seine hellen, immer noch nicht ganz trockenen Haarsträhnen aus der Stirn.

«Halt, ihr versteht mich nicht! Ich werfe doch ihm –» er wies auf seinen Bruder – «nichts vor. Aber was heißt das: ‹Sich nicht solidarisch erklären mit solchen Kampfmethoden?› Das hört man bei uns dauernd. Alle sogenannten anständigen Polen wiederholen das, wenn sie die Gewalttaten und Verbrechen gegenüber den Juden verdammen. Aber worum geht es ihnen denn? Sind sie wirklich Feinde des Antisemitismus? Durchaus nicht. Ihrer Meinung nach ist der Kampf berechtigt, nur die Methoden müßten andere sein... Ist's nicht so? Und hier geht es gerade um das Verhältnis zur Sache selbst. Ich weiß recht wohl, was es bedeutet, den Antisemitismus von den Kampfmethoden abhängig zu machen. Die Methoden ziehen immer herab. Die ‹Kampfmethoden!› Es geht darum, daß es keinen Kampf geben soll, daß er gar nicht existieren darf, denn sonst wird es immer zu etwas Ähnlichem kommen, wie das dort ist!» – Er wies mit der Hand hinter sich in der Richtung nach dem fernen Getto.

Piotrowskis sentimentaler Tango entfernte sich für einen Augenblick und klang dann wieder sehr deutlich auf.

Anna saß über ihren Tee gebeugt. Auch Irena schwieg.

Jan griff mechanisch nach einer neuen Zigarette.

«Du sagst, es sollte keinen Kampf geben», wandte er sich an den Bruder, «keine gegenseitigen Angriffsflächen, keine Voreingenommenheiten – gut! Aber hängt das nur von uns ab?»

Der andere schüttelte den Kopf.

«Ich mag diese Phrasen nicht.»

«Das sind keine Phrasen...»

«Was denn sonst? Das sagt doch nichts. Was nützt es, wenn ich zugebe, daß es ebenso von uns wie von den Juden abhängt? Worauf soll ich mich denn berufen? Auf den guten Willen vielleicht? Worte, lauter Worte... Aber hier sind nicht Worte nötig.»

Jan lehnte sich in seinen Sessel zurück.

«Sondern?»

Julek schwieg. Aus dem Vorzimmer tönte ein kurzes Klingeln herüber. Irena zuckte zusammen.

«Das ist sicher Wlodek!» sagte Anna.

Jan ging öffnen. Es war wirklich der junge Karski. Als Julek seine Stimme hörte, erhob er sich vom Tisch.

«Geht in unser Zimmer», rief Anna. «Dort könnt ihr plaudern.»

«Eine Viertelstunde, nicht länger», versprach Julek.

In der Tür begegnete er dem Bruder.

«Du hast mir nicht geantwortet», erinnerte ihn Jan.

Julek begann zu lachen.

«Hab keine Angst, es wird dir nicht erspart bleiben!»

Da das Abendessen beendet war, schlug Anna vor, ins Arbeitszimmer zu gehen. Beim Klang ihrer Stimme erwachte Irena aus ihrer Versunkenheit. Schwer erhob sie sich. Sie sah erschöpft aus.

«Aber vielleicht wollen Sie sich hinlegen?» fragte Anna.

Irena verneinte es eilig und ging mit Jan in dessen Arbeitsraum. Anna blieb im Eßzimmer, um den Tisch abzuräumen.

Die Dämmerung war zur Nacht geworden. Aber der Himmel, der sich über der Dunkelheit wölbte, war noch hell und frisch und zart wie sonst nur im Herbst.

Jan schloß die Balkontür, ließ die Verdunklungsblende herunter und zündete eine kleine Lampe an, die an der Wand auf einem niedrigen Tischchen stand. Im Zimmer wurde es nun sehr gemütlich.

Irena nahm in einem großen Fauteuil Platz.

«Sag!» begann sie plötzlich. «Was soll ich eigentlich tun, was soll ich mit mir anfangen?»

Jan blieb mitten im Zimmer stehen.

«Es wird sich schon etwas finden...» sagte er unbestimmt.

«Aber was?»

Seiner Gewohnheit folgend, antwortete er mit einer Frage:

«Was hast du eigentlich in der Nowiniarskastraße getan, wo wir uns trafen?»

«Dort? Nichts. Ich ging nur so hin... schauen!»

«Wie konntest du nur? Du hättest dich weiß Gott was für Dingen aussetzen können!»

«Ich dachte nicht daran!» Sie zuckte die Achseln. «Und schließlich, was konnte mir schon widerfahren? Dasselbe, was denen dort hinter den Mauern widerfährt – nichts Ärgeres.»

«Du sagtest doch, daß du leben willst!»

«Ja, das will ich!» bestätigte sie. «Aber...»

«Aber was?»

«Manchmal kann ich es nicht mehr!» Ihre Stimme brach. «Wirklich, ich kann nicht mehr!»

Stille herrschte. Piotrowski spielte immer noch auf der Ziehharmonika.

«Wo hast du zuletzt gewohnt?» fragte Jan.

«Zuletzt? Am Mokotow, bei Makowskis... Du kennst ihn, nicht wahr?»

Makowski war des Professors Assistent gewesen, und

seinerzeit, als Liliens – bereits unter dem Namen Grabowski – genötigt waren, so eilig ihre Wohnung an der Otwocker Strecke aufzulösen, hatte der Professor nach seiner Rückkehr aus Krakau einige Wochen bei ihm gewohnt. Malecki kannte den jungen Historiker noch aus Smug.

«Und dann?» Er setzte sich in den Fauteuil Irena gegenüber. «Ist wieder etwas vorgefallen?»

Sie nickte.

«Was?»

«Das gleiche wie immer», antwortete sie kurz.

Sie hatte einige Wochen bei Makowskis gewohnt, und da sie fast nicht ausging, schien es, daß sie sicher sei. Irgend jemand mußte jedoch von ihr erfahren haben. Gerade heute früh – übrigens in Abwesenheit der Makowskis – erschienen zwei junge Leute. Einer von ihnen war Gestapoagent. Trotz ihrer «arischen» Ausweispapiere nötigten sie Fräulein Lilien in ein Auto, das vor dem Haus wartete. Sie waren sehr höflich, aber sie verheimlichten nicht, daß man sie in die Schuch-Allee bringen würde. Unterwegs kaufte sie sich mit ihrem letzten goldenen Fünfrubelstück, das sie bei sich trug, frei. Knapp vor der Allee stieg sie aus, hatte jedoch Angst, auf den Mokotow zurückzukehren.

«So wissen Makowskis von nichts?» fragte er.

«Nein.»

Jan bot sich an, am nächsten Tag zu ihnen zu fahren, alles zu erzählen und Irena die unentbehrlichsten Sachen zu bringen.

«Es hat natürlich keinen Sinn, daß du dorthin zurückkehrst», beschloß er. «Besser nichts riskieren!»

Sie gab ziemlich gleichgültig zu, daß es so am besten sein würde.

«Aber was dann?» Sie senkte den Kopf. «Was dann? Wie soll ich leben? Ich werde doch nie mehr ein normaler Mensch sein können. Weißt du, wenn ich jetzt einem neuen Menschen begegne, so muß ich – wenn ich ihm ins Gesicht sehe – gleich denken: könnte er mich verraten oder könnte er's nicht? Das ist schrecklich, du weißt nicht, wie das ist...»

Da trat Anna in das Arbeitszimmer. Einen Augenblick blieb sie in der Tür stehen, dann setzte sie sich still auf den Diwan.

Irena hob den Kopf und blickte Jan an.

«Weißt du, daß ich dasselbe dachte, als ich dich traf?»

Er gab keine Antwort.

«Selbst wenn ich es bis zum Schluß durchhalte...»

«Dann wird sich alles ändern», warf er ein.

«Die Menschen werden sich nicht ändern», widersprach sie. «Höchstens insofern, als sie nicht mehr das Recht haben werden, einen umzubringen. Aber du wirst sehen, diese beiden jungen Leute, die mich heute im Auto gefahren haben, werden mich dann mit Verachtung betrachten und nur bedauern, daß sie nun nicht mehr die lumpigen fünf Goldrubel an mir verdienen können.»

«Was redest du da?» fuhr er auf.

«Du wirst schon sehen: man wird uns noch mehr hassen, weil wir frei auf den Straßen herumgehen, in unsere Wohnungen, zu unseren Tätigkeiten zurückkehren und unsere Rechte wieder erlangen werden. Widersprich mir nicht, ich weiß, daß es so sein wird. Und du weißt es auch. Jetzt verbietet es vielen Menschen die einfache Scham, uns ihre Feindschaft zu zeigen. Man nimmt uns gezwungenerweise auf, versteckt uns aus Pflicht. Doch dann wird man sich nicht mehr zwingen müssen. Wir aber werden nicht vergessen. Du weißt es, daß die Juden nicht imstande sind, Unrecht zu vergessen. Ganz im Gegensatz zu euch. Ihr vergeßt alles, ob ihr nun gepeinigt werdet oder selbst peinigt.»

Er konnte nicht widersprechen, denn er dachte ähnlich. Er wußte, wie sehr er aus tiefstem Bedürfnis von Herz und Hirn das Vergessen wünschte und brauchte, um seine Schwäche zu verteidigen, sie zu entschuldigen und zu beschönigen.

«Ist das nicht gerade eine Hoffnung?» überlegte er.

«Was?» – Sie verstand ihn nicht.

«Das Vergessen!» Und er faselte weiter:

«Die Hoffnung, daß es besser sein wird. Sollen wir denn unser ganzes Leben lang diese Jahre des Alptraums mit uns herumschleppen? Uns nie mehr von ihnen befreien?»

«Ich weiß nicht», antwortete sie. «Aus mir haben diese Jahre einen andern Menschen gemacht; man hat mich gezwungen, anders zu werden, als ich war, und mir scheint, es ist gelungen. Wie soll ich also diese ganze Zeit vergessen?»

«Jeden haben diese Jahre verändert», stellte Jan fest.

«Aber nicht jedem wurde die Menschenwürde genommen!»

Anna, die die ganze Zeit hindurch regungslos mit untergeschlagenen Beinen in einer Ecke des Diwans gekauert hatte, hob den Kopf.

«Kann man wirklich dem Menschen seine Würde nehmen?» fragte sie leise.

«Ob man das kann? O ja! Glauben Sie mir, man kann es. Man kann dem Menschen alles nehmen, den Willen, den Stolz, die Sehnsucht, die Hoffnung – alles – sogar die Angst... Ich habe das schon gesehen, hab's mit angesehen... Wißt ihr, wie mein Vater endete?»

Zu dem Zeitpunkt, als die ersten Massenmorde an Juden begannen, also im Sommer 1942, hielt sich der Professor mit Irena auf einem Gut unweit von Miechow auf. Frau Lilien wohnte vorläufig noch bei Krakau, doch sollte auch sie demnächst nachkommen. Hier auf dem Lande war die Anwesenheit der Liliens recht gut motiviert. Irena war Beamtin in der Spiritusbrennerei, und der Professor weilte auf dem Gutshof als Lehrer der Söhne des Besitzers. Die ersten Monate ihres Aufenthaltes vergingen ruhig, und es schien fast, als sollten sie nach allem, was sie im letzten Jahr mitgemacht hatten, hier aufleben und das Kommende überdauern dürfen. Es handelte sich nur noch darum, Frau Lilien herzuschaffen. Aber gerade, als ihre Übersiedlung endgültig beschlossen war, begannen die antijüdischen Maßnahmen. In kurzer Zeit drangen sie bis in die Gegend vor, in der Irena und ihr Vater sich verbargen. Als eines Tages in Obarow, dem benachbarten Städtchen, ein «Sonderkommando» der Gestapo eintraf und die dortigen Juden auszurotten begann, erhielt der Gutsbesitzer einen anonymen Telefonanruf, aus dem hervorging, daß die Deutschen von den Liliens und ihrer Abstammung Kenntnis hätten. Es blieb nur die Flucht.

Auf keinem der Gutshöfe in der Gegend wäre es möglich gewesen, die Liliens zu verstecken, und eine Abreise nach Krakau erschien angesichts der unterwegs drohenden Gefahren im Augenblick nicht ratsam. Überdies fühlte sich der Professor sehr schlecht; er hatte vor kurzem eine schwere Grippe überstanden und die Gesundheit noch nicht völlig wiedererlangt. Lästige Herzbeschwerden waren zurückgeblieben.

Unter diesen Umständen erschien es als die einzig mögliche Rettung, sich in den nahen Wäldern zu verstecken. Dies riet auch der Hausherr, und der Professor und Irena willigten ein. Sie wollten sich einstweilen in dem acht Kilometer vom Gut entfernten Forsthaus verbergen und dort die allergefährlichste Zeit abwarten. Der Professor wollte nicht, daß jemand von den Bedienten oder vom Meierhof sie bis an Ort und Stelle begleite; er traute den Menschen nicht mehr und verließ sich auf keinen. Sie gingen also allein.

Im Vorzimmer knallte die Eingangstür. Irena brach ihre Erzählung ab. Nach einer Weile schob sich Julek ins Arbeitszimmer. Er blickte die Anwesenden der Reihe nach an, und als er bemerkte, daß er ein Gespräch unterbrochen hatte, blieb er abseits stehen. Er nahm seinen Tabak heraus und begann sich eine Zigarette zu drehen.

«Und was weiter?» fragte Jan.

«Es war eine schreckliche Nacht», begann sie zu sprechen. «Finster...Wir kannten uns nicht recht in der Gegend aus. Am Anfang waren uns die Wälder noch ein wenig bekannt, aber als wir den Weg verlassen mußten und auf Wildpfaden gingen, verirrten wir uns völlig. Eigentlich wurde es mir erst später klar, daß wir in falscher Richtung gegangen waren – erst als es zu dämmern begann. Der Vater konnte kaum gehen, wir mußten immer wieder ausruhen, das Herz quälte ihn sehr. Er war ein ganz anderer Mensch geworden: ein alter, siecher Jude, so ein verängstigter Gettojude, der den Tod fürchtet. Er hatte entsetzliche Angst, den Deutschen in die Hände zu fallen. Kaum hatten wir ein wenig gesessen, gleich fuhr er wieder auf. Immer schien es ihm, das Forsthaus müsse unweit sein. Ich wußte bereits, daß wir nicht mehr hinfinden würden, aber er gab sich noch falschen Hoffnungen hin.

Als es dämmerte, kamen wir zu einer Straße. Es war noch nicht ganz hell, nur so grau... Der Vater wollte die

Straße nicht betreten. So ging ich selbst vor und da sah ich, daß uns eine große, dunkle Menschenmenge entgegenkam. Könnt ihr euch vorstellen, was ich damals durchlebte? Ich wollte sofort ins Dickicht zurücklaufen, aber Vater konnte nicht gehen. Er war furchtbar blaß geworden und begann zu zittern. Ich dachte, es sei das Ende. So verbargen wir uns im Gestrüpp am Wegrand. Es waren da unten so dichte Sträucher – junge Erlen, glaub ich. Wir legten uns auf die Erde. Vater keuchte schwer und zitterte, wie ein Mensch, der friert. Es dauerte schrecklich lange, bis die Leute sich näherten. Ich drückte das Gesicht zur Erde. Tau lag auf dem Gras. Wäre ich länger so liegengeblieben, sicher wäre ich eingeschlafen, so müde war ich. Plötzlich hörte ich Vaters Stimme fürchterlich verändert und bebend:

«Irena, das sind Juden!»

Ich hob den Kopf und sah, daß die Menge schon sehr nahe war. Es waren wirklich lauter Juden: Frauen, Greise, Kinder – das ganze jüdische Elend... Später erfuhr ich dann, daß es Juden aus Obarow waren, solche, die man des Nachts nicht mehr hatte an Ort und Stelle zusammenschießen können. Man trieb sie zu einer Sammelstelle, wo Juden aus anderen Städtchen und Dörfern der ganzen Gegend sein sollten. Ihr habt keinen Begriff, was das für ein Anblick war, nie werde ich es vergessen! Eine Menschenherde... Zusammengedrängt, einer an den anderen, manche barfuß, mit Bündeln, alle staubig, schmutzig, mit blassen, gequälten Gesichtern... Manche dieser Gesichter bluteten. Die Weiber trugen kleine Kinder auf den Armen... Ein kleines Mädchen – so ein schmächtiges, schwarzes mageres, in einem rosa Kattunkleidchen mit Tupfen – trug zwei Säuglinge, einen im Arm, einen auf dem Rücken.

Zuerst bemerkte ich gar nicht, daß jemand sie beaufsichtigte. Erst nach einer Weile erblickte ich den Deutschen. Er ging am Wegrand, im Gras, wohl um die blank geputzten Stiefel nicht staubig zu machen. Er sah sehr unschuldig aus, ein blutjunges Bürschchen von siebzehn – vielleicht achtzehn Jahren. Er schritt dicht an mir vorbei, vielleicht zwei Schritte entfernt. Ich hörte sogar das Knarren seiner Stiefel.

Plötzlich bemerkte ich, daß Vater sich vom Boden erhob. Ich erinnere mich genau, daß ich in diesem Augenblick aufschreien wollte, ihn zurückhalten... Aber nein, es ist schwer zu schildern, was damals in mir vorging. Ich wußte, daß ich etwas tun müßte, ihm nicht erlauben dürfte vorzugehen, ihm nacheilen – nichts davon tat ich... Ich lag regungslos und schaute nur. Ich sah, wie Vater gebückt am Wegrand stehenblieb, und da hielten einige der am nächsten Vorbeikommenden auch an. Ich sah ihre Augen, die fast so tot waren wie die von Blinden. Sie blieben stehen und sahen mit diesen blicklosen Augen den Vater an... Da wandte sich der Bursche um, und, sicher in der Meinung, der Vater habe sich von der Menge abgesondert, schrie er ihn an, sprang zu, schlug ihn einige Male mit der Reitpeitsche über Kopf und Gesicht und stieß ihn so heftig, daß der Vater umfiel. Er versetzte ihm noch einige Fußtritte. Eine alte Jüdin wollte dem Vater aufhelfen, aber auch sie bekam die Reitpeitsche zu fühlen, und der Vater erhob sich endlich selbst. Zuerst kroch er auf allen vieren, dann richtete er sich auf... Ich erinnere mich, daß ich die Augen schloß, und als ich sie wieder öffnete, konnte ich den Vater in der Menge nicht mehr finden... Sie sahen einander alle so ähnlich...»

Längere Zeit herrschte Stille.

«Vielleicht sind sie doch nicht zugrunde gegangen»,

sagte Jan. «Sie können in ein Lager gebracht worden sein.»

«Aber, woher!» fuhr der an der Wand stehende Julek auf. «Weißt du nicht, wie diese Dinger aussahen? An irgendeinem Ort, irgendwo an der Landstraße wurde ein sogenannter Sammelpunkt eingerichtet und dorthin trieb man die Juden aus der ganzen Umgebung. Zuerst fand eine Auswahl statt. Die jungen, gesunden und starken wurden zur Arbeit verschleppt, die übrigen an Ort und Stelle fertiggemacht. So wie sie gingen – Kinder, Weiber, Greise –»

«Ja», bestätigte Irena. «Man befahl ihnen, Gruben zu graben, und dann stellte man die Maschinengewehre auf.»

Julek war näher getreten. Im Halbdunkel, in seinen hohen Stiefeln und den militärisch geschnittenen Breeches wirkte er noch größer, als er tatsächlich war.

«Wissen Sie, wer sich unlängst – in der Annahme, daß ich Sie kenne – nach Ihnen erkundigte?»

Sie sah ihn fragend an.

«Stefan Weinert.»

Weinerts waren nahe Verwandte von Frau Lilien und Stefan war Irenas Altersgenosse.

«Was Sie nicht sagen!» rief sie erfreut. «Ich wußte nicht, daß er lebt.»

«Er lebt.»

«Wo haben Sie ihn gesehen? Seine Eltern sind ermordet worden.»

«Ich weiß. Und Stefan hat gesessen. Aber das ist eine andere Geschichte. – Hat übrigens Glück gehabt, der Bursche! Es gelang ihm auszukneifen.»

«Und wo ist er jetzt?»

Julek lächelte. «Hinter dem Bug. Im Wald.»

Irena wurde nachdenklich.

«Bitte grüßen Sie ihn von mir. Werden Sie ihn sehen?»

«Was weiß man?» Er strich die Haare aus der Stirn. «Vielleicht –»

In diesem Augenblick ertönten draußen kurze, rasch aufeinanderfolgende Schüsse. Irena sprang unwillkürlich auf. Die Schüsse waren noch nicht verklungen, als sich in ihr scharfes Knallen das Knattern einer Maschinenpistole einzustreuen begann. Jetzt stand auch Anna vom Diwan auf.

«Oho», brummte Julek.

Irena erblaßte. «Löscht lieber das Licht!» wisperte sie.

Jan drehte den Schalter, und das Zimmer versank in Finsternis.

Die Schüsse kamen deutlich näher. Ihr vielfaches Echo pflanzte sich sehr laut in den stillgewordenen, engen Gäßchen fort.

«Da geht es ums Ganze», stellte Julek vernehmlich fest.

Jan zischte, des Bruders Stimme schien ihm zu laut. Der andere war inzwischen ans Fenster getreten und begann, die Verdunklungsblende hochzuziehen.

«Bist du verrückt geworden?» protestierte Jan.

Aber die Nacht lag schon offen vor ihnen. Julek stieß leise die angelehnte Balkontür auf und trat auf die Schwelle. Anna und Jan näherten sich unwillkürlich. Nur Irena blieb im Hintergrund des Zimmers. Die kühle, vom Duft der frühlingsfrischen Erde getränkte Luft strömte herein. Der Himmel war mit Sternen übersät.

«Man sieht nichts», flüsterte Julek.

Auch die Schüsse waren verstummt. Stille trat ein. Plötzlich winkte Julek heftig dem hinter ihm stehenden Bruder und der Schwägerin. Sie traten näher an ihn heran.

Trotz der Finsternis sah man den Schatten eines rasch über den Gehsteig laufenden Menschen. Sofort – diesmal aus nächster Nähe – begann die Maschinenpistole zu feuern. Anna ergriff instinktiv die Hand ihres Mannes. Er drückte sie und hielt sie fest.

Der Mann blieb stehen, bückte sich und kniete hinter dem nächsten Bäumchen nieder. Es war eine junge, noch sehr schmächtige Akazie. Aus dieser Deckung begann er in die dunkle Tiefe des leeren Gäßchens zu schießen. Dies dauerte kaum eine Sekunde. Unverzüglich sprang er auf und rannte gebückt weiter. Schüsse krachten ihm nach.

Jetzt wich auch Julek ins Zimmer zurück. Man vernahm deutlich das sich nähernde Getrampel schwerer, genagelter Militärstiefel. Nach einer Weile erklangen in der Finsternis die lauten, kehligen Rufe der Deutschen. Es waren ihrer einige. Sie liefen mitten auf der Straße, ein paar auf dem Gehsteig.

Malecki riß den Bruder am Arm zurück.

Plötzlich blieb einer der laufenden Soldaten beim Drahtgitter stehen, das das Grundstück umzäunte, und rief kurz seine Gefährten. Man sah deutlich seinen hohen, etwas vorgeneigten, scharf abgezeichneten Umriß, den niedrigen Helm und die zum Schuß vorgestreckte Maschinenpistole. Einige hielten an. Der erste sagte etwas, indem er mit der Hand nach dem Haus der Maleckis wies.

«Das Ende!» dachte Jan. Da sich gleich hinter der Villa – der letzten in der Siedlung – das leere Feld ausdehnte, mußten die Soldaten in erster Linie annehmen, der Flüchtling habe sich, die Dunkelheit benützend, in einem der umliegenden Häuser oder Gärtchen versteckt. Im Falle einer Hausdurchsuchung würde die Auffindung zweier ungemeldeter Personen in einer Wohnung – eines jungen Mannes mit einer Waffe und einer jungen Frau von jüdischem Aussehen – genügen, um alle, die sich hier befanden, an die Wand zu stellen.

Irena, die im Inneren des Zimmers nichts sehen konnte, schien die gespannte Situation zu spüren. Sie schrak zusammen.

«Was geschieht dort?» fragte sie mit ihrer tiefen, in diesem Augenblick leicht belegten Stimme.

Julek trat rasch von der Tür weg und zog Anna und Jan mit sich fort.

«Geht ins Speisezimmer», begann er in gleichmäßig ruhigem Flüstern. «Im Schlafzimmer, in meinem Koffer ist ein Päckchen, nicht groß, in Papier gewickelt – versteck es, Anna!»

Sie nickte.

«Und vor allem Ruhe, es wird alles gut gehen!»

Irena wollte etwas sagen. Er drängte sie zur Tür hin.

«Schneller! Macht, daß ihr weiterkommt! Ich komme zu euch, wenn es nötig ist.»

Als sie das Zimmer verlassen hatten, trat er wieder ans Fenster. Die drei Soldaten standen noch an der gleichen Stelle. Sie berieten untereinander. Die übrigen waren weiter vor, gegen das Feld, gelaufen.

Er wußte, daß jetzt, wenn nicht alles, so doch sehr vieles von Ruhe und Selbstvertrauen abhing. Nicht zum erstenmal befand er sich in einer solchen Lage. Sein Verstand arbeitete gleichmäßig und präzis. Er fühlte jedoch nicht jene Ausgeglichenheit und Selbstbeherrschung, die er gewünscht hätte, und die er in ähnlichen Situationen immer von sich verlangte. Er blickte angestrengt in die Nacht vor sich und auf die sich in Schußweite abzeichnenden Silhouetten der Feinde. Er hörte ihre fremden, verhaßten Stimmen. Er wußte, daß er bei jeder Bewegung dieser Männer sein Vorstellungsvermögen herabmindern und seine

Wachsamkeit verschärfen müsse. Er konnte jedoch den Gedanken, was im Falle eines üblen Verlaufes der Geschichte aus seinem Bruder und Anna werden sollte, nicht abschütteln. Und als er sich ausmalte, daß Anna gewiß bis zum Schluß ihre Ruhe bewahren würde, erfaßte ihn eine so durchdringende Angst um ihr Schicksal, wie er sie bis zur Stunde noch nicht gekannt hatte.

Einer der Soldaten trennte sich von den Gefährten und kam auf die Gartentür zu. Nach einer Weile folgten ihm die beiden anderen. Julek verlor sie aus den Augen. Er vernahm das Knarren des Tores und schwere, taktfeste Schritte vor dem Haus. Sein Herz hörte einen Augenblick zu schlagen auf. Er ballte die Fäuste, schloß die Augen und plötzlich ließ die schreckliche Spannung nach, und Ruhe überkam ihn. Er griff schon nach dem Revolver, um ihn in der Doppeltür des Balkons zu verstecken, als hinter dem Haus, auf der Feldseite, laute Maschinenpistolenschüsse hallten. Das Echo wiederholte sie. Die Soldaten unten blieben stehen. Man hörte ihre Stimmen. Nach einer Weile kehrten sie eilends um. Es wurde still. Wieder fielen Schüsse; diesmal viel weiter entfernt, irgendwo in der tiefen Nacht.

Julek verwahrte den Revolver in der Hosentasche und strich sich die Haare zurück. «Na also!» dachte er kurz.

Er ging in den Vorraum und öffnete die Tür zum Speisezimmer. Es war nach außen hin verdunkelt, doch hell erleuchtet. Jan saß mit einem Buch am Tisch, daneben legte Anna eine Patience. Nur Irena spielte nicht die Beschäftigte. Sie saß blaß, zusammengekauert, mit eingesunkenen Wangen, und war nicht imstande, das Zittern ihrer Hände zu beherrschen. Es hätte in diesem Augenblick keiner besonderen Beobachtungsgabe bedurft, um in ihr eine Jüdin zu erkennen.

Als er Julek erblickte, schob Jan das Buch weg und erhob sich rasch.

«Sind sie fort?»

Julek machte eine verächtliche Handbewegung.

«Ich hoffe, daß dieser Bursche sich nicht fangen lassen wird. Hierher kommen sie nicht mehr zurück. Wir können ruhig schlafen.»

Die Maschinenpistolen knatterten noch einmal in der Ferne. Doch erweckte das Ganze jetzt den Eindruck einer planlosen Schießerei, die nur noch Schrecken einjagen wollte.

Julek stützte sich auf den Tisch und neigte sich zu Anna, die mit gleichmäßigen Bewegungen die Patience legte.

«Na?» fragte er weich. «Geht sie auf?»

Anna hob den Kopf und schob die Karten zur Seite.

«Leider», lächelte sie leicht, «kann sie nicht aufgehen, denn ich habe mich beim Auflegen geirrt.»

Er antwortete nicht.

«Tja», äußerte Jan, «man kann sagen, daß das jetzt nicht gerade angenehm war.»

Plötzlich hob Irena den Kopf.

«Horcht! Wieder hört man Stimmen...»

Sie lauschten eine Weile. Die Stille war vollkommen.

«Nichts zu hören», stellte Julek fest, «bestimmt nicht! Ich habe gute Ohren.»

Aber Irena ging zweifelnd in das Arbeitszimmer hinüber. Nach einer Weile vernahmen sie ihr gedämpftes Rufen.

Sie stand mitten im Raum, das Gesicht dem Balkon zugekehrt.

«Seht!» murmelte sie mit trockener, heiserer Stimme. «Wie hell es dort ist...»

Die ferne Dunkelheit der Nacht war durch einen riesigen, hoch in den Himmel ragenden rötlichen Schein erleuchtet.

«Es brennt», sagte Julek.

Der blutige Feuerschein wuchs immer weiter; er umspannte jetzt die ganze Tiefe des nächtlichen Horizontes.

Die Maleckis schliefen noch lange nicht. Julek mußte, gleich nachdem er lärmend seine Stiefel auf den Boden geschleudert und sich entkleidet hatte, eingeschlafen sein; denn als Jan kurz darauf aus dem Bad kam, war es im Speisezimmer schon finster und still. Auch im Arbeitsraum brannte kein Licht, doch drang von dort der Laut gedämpfter, ruheloser Schritte herüber.

Anna lag schon im Bett. Er setzte sich neben sie und legte seine Hand auf die ihre.

«Müde?»

Ja, das war sie.

«Ein scheußlicher Tag!» stellte er fest. «Etwas zu viel auf einmal...»

Der Schein der Lampe blendete Anna; er schob das Licht zur Seite und neigte sich über seine Frau.

«Du wolltest mir etwas sagen? Erinnerst du dich?»

Sie nickte nur.

«Was war es?»

«So verschiedene Gedanken...»

«Willst du nicht sagen, was für Gedanken?»

Sie erhob sich ein wenig und stützte sich auf den Ellbogen.

«Ich möchte lieber nicht», gestand sie aufrichtig.

Und sie fügte rasch erklärend hinzu:

«Nicht, daß es ein Geheimnis wäre, Lieber. Aber es ist ganz einfach schwer, darüber zu reden.»

«Worüber?»

«Über das dort!» Sie wies mit den Blicken zum Fenster.

Er begriff, daß sie den Aufstand im Getto meinte.

«Ich weiß», gab er zu.

«Siehst du. Ich schäme mich der Worte, wenn ich an jene Menschen denke und an das, was sie erwartet. Und wenn ich an uns denke, an uns – auf dieser Seite der Mauer...»

«Unter den Unseren haben wir noch mehr Opfer zu beklagen.»

«Ja», gab sie zu, «aber das ist nicht dasselbe.»

Sie wollte noch sagen, welch wichtige und reale Sache für sie der Glaube sei, in dem sie aufgewachsen war und dem sie die Treue bewahrt hatte. Daß sie darin die Erklärung für den ewigen Sinn und die Ordnung der Welt fände. Und weiter, daß für sie als gläubige Katholikin die seit so vielen Jahrhunderten schwärende Tragödie der Juden die härteste Probe für das christliche Gewissen darstellte. Denn wen, wenn nicht die Christen, sollte das grausame Schicksal dieses unglücklichsten unter den Völkern erschüttern, des Volksstammes, der, nachdem er einmal die Wahrheit zurückgewiesen hatte, die Bürde des Verrates durch unglaubliche Qual, Erniedrigung und Entrechtung für immer mitschleppte? Wer, wenn nicht ein Christ, müßte alles tun, um das Leid dieser Unglücklichen zu lindern und den einsam und ohne Hoffnung Sterbenden beizustehen? Doch obgleich sie viel über diese Dinge nachgedacht hatte, fühlte sie sich jetzt nicht berufen, darüber zu sprechen.

Jan drang auch nicht länger in sie ein. Er legte sich nieder und löschte das Licht.

«Weißt du», begann nach einer Weile Anna im Dunkel,

«nächstes Jahr zu Ostern wird unser Kind schon groß sein. Es wird dann bald zu gehen anfangen...»

Er folgte sofort dem Lauf ihrer Gedanken, weil er sich damit von den eigenen befreite.

«Nächsten Sommer sollte es schon zu gehen anfangen.»

«Nächsten Sommer!» wiederholte sie. «Wenn man das so sagt, klingt es ganz einfach, ganz gewöhnlich, nicht?»

«Ein Jahr.»

«Ja, aber wenn man denkt, was in einem Jahr sein wird, dann ist es so, als blicke man in völlige Finsternis. Kannst du dir vorstellen, daß unser Kind vielleicht einmal genauso schreckliche Zeiten erleben wird wie wir?»

Jan schob die Handflächen unter den Kopf und sah ins Dunkel über sich.

«Unsere Eltern konnten das auch nicht.»

«Sag das nicht!» murmelte sie in vorwurfsvollem Ton. «Noch vor kurzem dachte ich, die Welt würde sich nie ändern. Aber jetzt bin ich nicht mehr imstande, so zu denken. Ich muß glauben, daß unser Kind in anderen, besseren Zeiten zu einem Menschen heranwachsen wird.»

Eine Weile herrschte Stille.

«Schläfst du?»

«Nein», antwortete er mit ganz wacher Stimme.

«Dort brennt's wohl immer noch?»

Er setzte sich im Bett auf.

«Ich werde gleich nachsehen.»

Er warf die Decke ab und hob, barfuß ans Fenster tretend, die Verdunklungsblende.

Der Feuerschein war gewaltig, größer noch als vorher, und sein blutiger Glanz erhellte die ganze Südseite des Himmels. Jan öffnete das Fenster und lehnte sich hinaus. Die Nacht war kühl. Es roch nach Frühling. Aus weiter Ferne drang der regelmäßig wiederkehrende Lärm der

Schüsse. Die Nacht schien gleichsam rhythmisch davon erschüttert.

«Hörst du?»

«Ja», flüsterte sie.

Je länger er horchte, um so grausiger und ernster enthüllte sich ihm das unruhige Beben dieser brennenden Nacht. Da fuhr er plötzlich zusammen. Ein unbekannter, durchdringender Laut, wie er ihn noch nie im Leben gehört hatte, erscholl mit einemmal in der Ferne.

Anna schreckte empor und kniete auf dem Lager.

«Was ist das?»

Jan wich unwillkürlich vom Fenster zurück.

«Ich weiß nicht... Das ist doch unmöglich?»

«Mach das Fenster zu!» bat Anna. «Das kann man doch nicht mit anhören.»

Ehe er dies tun konnte, stürzte Irena, wohl aus dem ersten Halbschlaf gerissen, vom Arbeitszimmer in den Korridor.

Jan öffnete rasch die Tür zum Vorraum und schaltete das Licht ein. Sie stand neben der Badezimmertür, im Hemd nur, gebückt und zitternd, die Hände gegen die Ohren gepreßt.

«Hast du's gehört?» Sie sah ihn aus abwesenden Augen an. «Was ist das? Wer schreit so? Das können doch nicht Menschen sein?»

3

Am nächsten Morgen breitete sich das Feuer noch weiter aus. Es war einstweilen schwer festzustellen, wer die Häuser in Brand gesteckt hatte: die Deutschen oder die Juden, die sich von den Mauern ins Innere des Gettos zurückzogen. Erst später erfuhr man, daß es die Deutschen gewesen waren.

Unter den ersten Häusern, die gerade in der Nacht vom Zwanzigsten zum Einundzwanzigsten zu brennen begannen, befanden sich jene großen Gebäude an der Bonifraterska, in denen sich die Juden so lange verteidigt hatten. Von ihnen griff das Feuer auf die Nachbarhäuser über, und als Malecki wie immer gegen acht Uhr in sein Büro fuhr, sah man schon von weitem über dem Getto die hoch in den Himmel aufragende schwarze Rauchsäule stehen. Der Tag war schön, aber stürmisch, und der Wind, der von dort herkam, trug den beißenden Brandgeruch bis nach Zoliborz.

Aus der Bonifraterska hatten sich die Kämpfe nach Muranow und Stawki verschoben, und sie schienen sehr hartnäckig zu sein, denn am Ende des Zoliborz-Viadukts – bis dorthin fuhren nur noch die Straßenbahnen – bebte alles von der unaufhörlichen Kanonade. Angeblich war es am frühen Morgen einer Gruppe von Aufständischen gelungen, über die Mauern auszubrechen und den Straßenkampf bis zu den Befestigungen der Zitadelle vorzuverlegen. Jetzt herrschte in diesem Stadtteil bereits Ruhe. Starke Militärabteilungen bewachten die Mündungen jener Gäßchen, die bis an die Mauern vorliefen.

Inzwischen wüteten die vom Wind entfachten Brände über der Bonifraterska. Obgleich der Tag sonnig war, wurde die Luft ringsum graublau, milchig, fast undurchsichtig. In diesem diffusen Licht bewegten sich die Fußgänger wie Schatten. Die Menschenmassen, die von Zoliborz, vom Marymont und aus Bielany hereilten, entstiegen schweigend den Straßenbahnen und ebenso schweigend und eilig kletterten sie auf die Lastautos, die sie ins Stadtzentrum weiterbeförderten. Nacheinander fuhren die Wagen ab, laut knatternd in der völligen Stille.

Tiefer in der verlassenen und ganz ausgestorbenen Bonifraterska wurde die Luft noch dämmriger. Aus dem Inneren eines der entfernteren Häuser züngelten zwischen Schwaden schwarzen Rauches rote, bewegliche Flammengarben hervor.

Es war Mittwoch der Karwoche.

Malecki mußte zuerst jenen Geschäftsweg nachholen, den er im gestrigen Wirrwarr völlig vergessen hatte; dann war den ganzen Tag hindurch sehr viel Arbeit zu erledigen, und er konnte erst knapp vor der Polizeistunde den Heimweg antreten. Unter all diesen Beschäftigungen war es ihm nicht einmal möglich gewesen, auf den Mokotow zu Makowskis zu fahren.

In der Dämmerung sahen die Brände noch bedrohlicher aus als am Morgen. Neue Häuser, unweit der derzeitigen Endstation der Straßenbahnen, brannten.

Als Malecki von einem Pferdelastwagen abstieg, ging gerade das Dach eines Eckhauses bei der Einmündung der

Bonifraterska und Muranowska in Flammen auf. Das Haus war vierstöckig, und das Feuer brannte und wallte hoch über der Erde. Überall war es schwarz von dichtem Rauch. Der Wind fegte die Flammen auf die Dächer der nächsten Häuser vor den Mauern. Bei einem von diesen – dem gefährdetsten – stand die Feuerwehr. Winzige schwarze Silhouetten von Menschen liefen, in Rauch und Brandröte gehüllt, über das Dach.

Am Muranow tobte immer noch der Kampf. Die MGs und Maschinenpistolen knatterten. Immer wieder erzitterte die Erde von gewaltigen Detonationen.

Von der Bielany-Siedlung aus sah man den ganzen Tag hindurch die Brände. Sie wirkten nicht so schaurig wie in der Nacht, aber die unablässig gegen den Himmel aufsteigenden Rauchsäulen gemahnten unaufhörlich daran, was in der Stadt vorging. Auch die Explosionen waren deutlich vernehmbar.

Irena – ob sie es nun vortäuschte oder ob tatsächlich ihre Nervenspannung gewichen war – betrug sich im Vergleich zum Vortag sehr ruhig. Außerdem hatte Frau Malecka vielerlei häusliche Beschäftigungen und verstand es, Irena so in die alltäglichen Kleinigkeiten miteinzubeziehen, daß jene für Augenblicke all die qualvollen Probleme ganz zu vergessen schien.

Dagegen kostete es Anna selbst sehr viel Mühe, an diesem Tag die Ruhe zu bewahren. Obwohl sie zur Besorgnis um Jan keinerlei ernstere Gründe hatte, machte sie schon die Tatsache, daß er den ganzen Tag nicht zu Hause sein würde, unruhig.

Julek war sehr früh – schon vor sechs Uhr – aufgestanden. Er hatte sich diesmal ausnahmsweise sehr leise angezogen, hatte die Tür nicht zugeknallt und wäre sicher ohne Frühstück fortgegangen, wenn Anna, die gerade erwacht war, sich nicht erhoben und ihn im Vorzimmer aufgehalten hätte.

Das ganze Haus schlief noch. Es war still ringsum und draußen noch dämmrig.

«Warte», flüsterte sie. «Du mußt was essen.»

Er wehrte ab – «das ist doch nicht nötig!» –, folgte ihr jedoch in die Küche. Er trug schon Mantel und Mütze.

«Leg ab!» riet sie ihm. «Gleich setze ich dir einen Kaffee vor.»

«Aber ich habe keine Zeit!» begann er zu erklären. «Das hat doch keinen Sinn. Ich muß gehen.»

Er sagte dies in so überzeugendem Tonfall, daß sie zu zögern begann.

«Wirklich? Es wird nicht lange dauern... Fünfzehn Minuten längstens. In einer Viertelstunde kannst du gehen.»

Er fürchtete, daß es sie kränken würde, wenn er ohne Frühstück fortging.

«Na gut», gab er nach.

Anna strahlte.

«Na siehst du!»

Sie zündete das Gas an und stellte das Wasser für den Kaffee auf die Flamme. Dann breitete sie über den am Fenster stehenden Tisch ein Tuch, holte aus der Kredenz Brot, Butter und Weißkäse hervor. Julek, immer noch in Mantel und Mütze, betrachtete sie schweigend von der Seite. Sie bemerkte es.

«Warum legst du nicht ab? Zieh doch den Mantel aus.»

«Sofort», sagte er, wie aus Gedanken erwachend.

Er setzte sich an den Tisch und sah Anna weiter zu. Sie stand beim Gasherd und wartete auf das Aufkochen des Wassers.

«Weißt du», äußerte er plötzlich, «ein solcher Hausstand ist gar keine schlechte Idee.»

Sie wandte sich um.

«Sicher! Hast du das erst jetzt bemerkt?»

«Ja», gab er aufrichtig zu. «Wir beide, Janek und ich, sind ja eigentlich ohne Heim aufgewachsen.»

Sie hatten die Eltern, die unweit von Lublin ansässig gewesen waren, sehr früh verloren. Jan hatte damals gerade das Gymnasium beendet, und Julek war kaum zehn Jahre alt gewesen. Sie hatten dann gemeinsam in Untermiete gewohnt, nur ein Onkel, der Buchhalter einer großen Zuckerfabrik in Pommerellen war, hatte sie von Zeit zu Zeit mit kleinen Summen unterstützt. Schon seit dem sechzehnten Lebensjahr war Julek selbständig und wohnte ganz allein.

«Heirate!» sagte Anna ernst.

Julek begann zu lachen:

«Nach dem Krieg!»

Und er fügte leicht hinzu:

«Natürlich, wenn ich einer Frau begegnen werde, die dir ähnelt.»

Anna errötete und neigte sich über das Wasser, das dem Kochen nahe war.

«Wie ich sehe, beginnst du, mir Komplimente zu machen?»

«Aber es ist doch wahr!» sagte er schon in einem anderen Ton und ernst.

Nach einer Viertelstunde, so wie Anna es ihm versprochen hatte, war er mit dem Frühstück fertig.

«Wann kommst du wieder?» fragte sie, als er sich vom Tisch erhob.

Julek schlüpfte in den Mantel.

«Ich weiß es nicht», antwortete er langsam. «Ich weiß noch gar nichts. Ich habe gewisse Pläne, aber das wird sich alles erst zeigen...»

So war also Anna den ganzen Tag hindurch allein mit Irena. In den Vormittagsstunden trat die Majorin Karska bei ihr ein.

Frau Karska, welche für gewöhnlich kritiklos alle Gerüchte wiederholte, die in der Stadt die Runde machten, brachte diesmal – aus, wie sie behauptete, ganz sicherer Quelle – die Nachricht von einem sich vorbereitenden Aufstand. Ihrem Bericht zufolge sollte dieser in der allernächsten Zeit ausbrechen. Dann erzählte sie eingehend von den letzten politischen Morden. Derlei ereignete sich allerdings in jener Zeit sehr häufig. Es verging kein Tag, an dem nicht in aller Öffentlichkeit einige deutsche Beamte, Gendarmen oder Gestapoleute erschossen worden wären. Die Majorin übertrieb natürlich auch diese Tatsachen. Überdies behauptete sie, daß die ganze Gettoangelegenheit der Anfang vom Ende sei, und sie prophezeite große Ereignisse.

Sie war erregt, sprach schnell und nervös, während sie eine Zigarette nach der anderen rauchte. Über die nächtliche Schießerei hatte sie auch schon verschiedene Einzelheiten zusammengetragen. Man sprach davon, daß in einer der entfernteren Villen in der Ceglowskastraße ein Munitionslager entdeckt worden sei. Einer anderen Darstellung zufolge handelte es sich nicht um Munition, sondern um eine Geheimdruckerei. Tatsächlich war – wie Anna später erfuhr – die ganze Angelegenheit viel einfacher: Zwei junge Leute waren nach der Polizeistunde von einer Patrouille angehalten worden. Einer der Burschen hatte an Ort und Stelle den Tod gefunden, dem zweiten war es anscheinend gelungen zu fliehen.

Als sich Frau Karska aus dem Dickicht der neuesten Nachrichten herausgearbeitet hatte, verlegte sie sich auf die Deutung der mannigfaltigen Prophezeiungen, die unaufhörlich im Umlauf waren. Nach all den Vorhersagen sollte dieses fünfte Kriegsjahr das letzte sein. Die Majorin erweckte den Eindruck, als schöpfe sie aus diesem brüchigen und undurchdringlichen Gerede ungewöhnlich viel Hoffnung. Vielleicht schien es nur so, und jener Optimismus bestand gar nicht in ihr. Denn worauf hätte sie ihn auch stützen sollen? Es war ihr ein sehr schweres Leben zuteil geworden. Außer ihrem Mann im Gefangenenlager hatte sie niemanden, der ihr nahestand, sie mußte sich sehr abrackern, um den heranwachsenden Wlodek und die kleine Terenia zu ernähren und gleichzeitig noch Lebensmittelpakete ins Lager zu schicken.

Sie hatte immer eine Menge zu erledigen – zahllose, verschiedenartige Geschäfte und Transaktionen, bei denen meist gar nichts oder nur wenig herauskam.

So war es auch diesmal. Obwohl sie über leicht erhöhte Temperatur klagte – sie hatte in der letzten Zeit mit der Lunge zu tun –, eilte sie auf Grund der telefonischen Mitteilung eines Bekannten, daß er fünfhundert Paar Herrenstiefel günstig zu verkaufen habe, in die Stadt. Sie hoffte, hierfür einen Käufer zu finden, und obgleich sie noch niemanden Bestimmten im Auge hatte, begann sie, den voraussichtlichen Gewinn zu errechnen und auch schon zu planen, welche der wichtigsten Dinge des häuslichen Bedarfs sie für das verdiente Geld anschaffen würde. Leider gab es dieser Dinge – selbst im Verhältnis zu der erwarteten beträchtlichen Einnahme – viel zuviel. Als sie sie aufzählte, war sie selbst ganz erschrocken.

«Da sinken einem die Hände herab», sagte sie erlöschend. «Und dabei habe ich keine Ahnung, was ich tun werde, wenn ich diese Stiefel nicht verkaufe...»

Ihre größte Sorge jedoch, die Ursache unablässiger Ängste und Unruhen, war Wlodek. Obwohl er der Mutter gegenüber viel Anhänglichkeit bewies, fühlte sie, daß er sich im Laufe des letzten Jahres immer mehr ihrer Wachsamkeit und Aufsicht entzog. Sie wußte nun oft nicht mehr, wo er die langen Stunden außer Haus verbrachte, wann er heimkehren würde und mit was für Menschen er umging. Ihre Fragen tat er mit ausweichenden Antworten ab, mit Ausflüchten, die sie zu einsamem, qualvollem Grübeln über die schlimmsten Möglichkeiten zwangen. Tagelang und in den Nächten, wenn die Angst sie aus dem Schlaf auffahren ließ, quälte sie sich mit der Sorge, Wlodek könnte irgendeine Torheit, eine Tollkühnheit begehen und sich leichtsinnig in Angelegenheiten hineinziehen lassen, die vielleicht unwiderruflich und zu ernst und gewichtig für seine sechzehn Jahre sein mochten.

Sie konnte sich nicht damit abfinden, daß er aufgehört hatte, ein Kind zu sein. Er war ihre größte Liebe, ihr Stolz und ihre Hoffnung. Gleichzeitig jedoch – obwohl sie aus verschiedenen Ansprüchen des Sohnes, aus seinen Blicken und unbeendeten Sätzen, ja sogar aus seinem liebevollen Lächeln und aus seiner Zärtlichkeit die Gefahr herauszulesen glaubte, die dem Jungen drohte – wagte sie es nicht, mit offenem Protest hervorzutreten und sich in sein geheimes, unbekanntes Leben einzumischen.

Zu wiederholten Malen nahm sie sich vor, mit Wlodek ein ernstes Wort zu reden. Doch fürchtete sie sich vor seinen Argumenten, die sie schon im voraus kannte. Sie fühlte, daß sie sich ihnen nicht würde entgegenstellen können, denn sie stützten sich doch auf jene Grundsätze, die sie selbst den Sohn seit seiner Kindheit gelehrt hatte.

Über dies alles hatte sie lange gegrübelt, ehe sie beschloß, zu Frau Malecka hinunterzugehen, in der Absicht, etwas Genaueres über das gestrige Gespräch Wlodeks mit

Julek zu erfahren. Den jungen Malecki kannte sie nicht persönlich. Sie hatte nur von Wlodek über ihn gehört. Er hatte ihn in der letzten Zeit mehrmals erwähnt, und zwar im Zusammenhang mit Jugendversammlungen, welche recht häufig stattfanden und nach Wlodeks Angaben die Fortbildung der jungen Leute zum Ziel hatten. Julek Maleckis Name wurde von Wlodek nur nebenbei und gleichgültig genannt. Aber Frau Karska hatte ihren Sohn zu enträtseln gelernt und wußte, daß er in seinen kargen Berichten, gerade hinter dem kühlen Tonfall oder gar der Ironie, die schrankenloseste Bewunderung und die innigste Ergebenheit zu verbergen pflegte.

Doch nun hatte sie die ganze Zeit hindurch mit Anna nicht über das gesprochen, worüber sie eigentlich hätte sprechen wollen. Und schließlich ging sie, ohne die wichtigsten Dinge auch nur mit einem Wort gestreift zu haben.

Angesichts der hohen Preise und der vielen Ausgaben im Zusammenhang mit dem Familienzuwachs hatten Maleckis nicht die Absicht, die Feiertage in diesem Jahr festlich zu begehen. Anna beschloß jedoch, dem Gatten eine Überraschung zu bereiten und insgeheim einen Osterkuchen zu backen. Diese Idee gefiel Irena sehr gut. Gleich begann sie, sich verschiedene Rezepte ins Gedächtnis zurückzurufen, nach denen zu Hause in Smug gebacken worden war. Leider waren sie alle zu teuer und bei den gegenwärtigen Einschränkungen unausführbar. Endlich, nach langen Beratungen, erwies sich ein Rezept, das Frau Karska erfunden hatte und das schon aus der Kriegszeit stammte, als das vernünftigste. Irena bedauerte, daß keines der Lilienschen Kunstwerke zustande kommen würde, doch nahm sie sich dieser Osterkuchenangelegenheit sehr an und half Anna eifrig beim Backen.

Da die Hauptmahlzeit für den Abend nach Jans Rückkehr vorgesehen war, richtete Anna ein zweites Frühstück, und so verging ihr und Irena der Vormittag mit Küchenarbeit. Nach dem Gabelfrühstück mußte Anna das Haus vorübergehend verlassen, um verschiedene Besorgungen zu machen.

Der Tag war schön und warm und voll Sonnenschein. Den Himmel, der über Bielany rein und frühlingshaft war, verdunkelten freilich über der Stadt die Rauchwolken der Brände. Aber der Kampf wurde weitab geführt. Hinter den entwürdigenden Mauern gingen Menschen zugrunde; weder ihre einsame Verteidigung noch das Schicksal, das ihnen bevorstand und das allgemein bekannt war, veränderten den Lauf des Lebens ringsum.

Auf den Stufen von Banasiaks Krämerladen, der in einem Souterrain untergebracht war, stieß Anna auf die dicke Frau Piotrowska. Eine große, mit allerlei Lebensmitteln vollgestopfte Tasche in der Hand, kletterte sie gerade die Treppe empor.

«Oh, Frau Malecka ist auch wegen Ostereinkäufen unterwegs!» Sie blieb stehen, als sie die Ankommende erblickte.

Anna erwiderte, daß sie dieses Jahr die Feiertage gar nicht festlich begehen wolle. Die andere lächelte verständnisvoll.

«Das sagt man immer. Aber wenn man gar noch Gäste hat...»

«Der Bruder meines Mannes ist für einige Tage hier», erklärte Anna voreilig.

An dem nachsichtigen Blick der Piotrowska erkannte sie sofort, daß sie schlecht daran getan hatte, Irenas Anwesenheit nicht freimütig einzugestehen. Sie versuchte es wiedergutzumachen.

«Es ist außerdem eine alte Freundin von mir da, aber ich weiß noch nicht, ob sie über die Feiertage bleibt; wahrscheinlich nicht...»

Die Piotrowska wiegte den Kopf in scheinbarem Mitgefühl und begann von etwas ganz anderem zu reden.

«Wissen Sie, was ich soeben gehört habe? So eine Tragödie! Auf der Saska Kempa haben die Deutschen einen Juden in einer Villa gefunden. Er versteckte sich dort, wie das so ihre Art ist... Und für so einen, ich bitte Sie, hat man fünf von den Unseren erschossen. Sagen Sie selbst, ist das nicht eine Tragödie?»

Anna schwieg eine Weile.

«Ja», bestätigte sie endlich.

«So viel unschuldiges Blut!» Die Piotrowska stieg eine Stufe höher. «Meiner Meinung nach, ich bitte Sie, ist so ein Pole, der bei sich einen Juden versteckt – mit Verlaub zu sagen – ein Schwein. Jawohl, bitte!» Sie schlug sich an die Brust. «Ich bin, bitte schön, eine Polin und empfinde so. Das ist einfach nicht christlich, daß für einen Juden gute Katholiken ihr Leben lassen sollen. Das darf nicht sein!»

Sie stand da und schwang, von der eigenen Entrüstung erschüttert, die Einkaufstasche.

«Das darf nicht sein!» wiederholte sie nochmals mit Nachdruck. «Jedem ist sein eigenes Leben lieb. Nicht dafür erträgt der Mensch diese Zeiten der Unfreiheit, um dann wegen der Juden jämmerlich zugrunde zu gehen!»

Anna beschloß, dieses Gespräch vor Jan nicht zu erwähnen. Sie wollte ihm neue Unruhe ersparen. Sie nahm allerdings nicht an, daß die Piotrowska bis zu einer Anzeige gehen würde. Dennoch kehrte sie mit schwerem Herzen heim.

Vor dem Haus spielten die Kinder: der pausbäckige, der Mutter sehr ähnliche Wacek Piotrowski, der wie ein Känguruh herumspringende Stefcio Osipowicz aus dem zweiten Stock und die wie ein Zigeunerkind braungebrannte Terenia Karska.

In dem weit offenen Parterrefenster sonnte sich Piotrowski. Er saß auf dem Fensterbrett, in einem über der dunklen Brust weit klaffenden Hemd, pfiff durch die Zähne und stemmte sich mit Rücken und Fußsohlen gegen den Rahmen. Die vorübergehende Frau Malecka streifte er mit einem faulen, etwas schrägen Blick.

Nachdem Frau Malecka fortgegangen war, wußte Irena nicht recht, was sie mit sich anfangen sollte. Der ganze Vormittag war ihr bei kleinen häuslichen Beschäftigungen rasch vergangen, aber jetzt, da sie allein war und nichts zu tun hatte, begann sie sich als Gefangene zu fühlen. Wie viele Monate hindurch war sie nun schon gezwungen, das Bedürfnis nach Bewegungsfreiheit in sich zu bekämpfen und zu überwinden? Wo immer sie sich befand, mußte sie ihre Gegenwart verbergen und bei jedem Schritt darauf achten, daß man von außen her nicht bemerkte, daß sie überhaupt vorhanden war. Die Freiheit, die sie noch besaß, war eng und brüchig und von vier Wänden umschlossen. Je länger sie so eingesperrt und unter demütigendem Verbergen ihrer jüdischen Gesichtszüge leben mußte, um so fühlbarer lastete dieser hoffnungslose Zwang auf ihr.

Die Tür zum Balkon stand weit offen, und der Balkon selbst war überströmt von Sonnenschein. Von unten – irgendwo hinter dem Haus – klangen die Stimmen der spielenden Kinder herüber.

Es überkam sie plötzlich eine so starke Versuchung, die

warme Luft zu atmen, daß sie nicht länger widerstehen konnte und auf den Balkon trat. Einen Augenblick lang stand sie mit zurückgelehntem Kopf, von der Frühlingswärme benommen, da. Sie fühlte sich so wohl, daß ihr die Möglichkeit, diese beschränkte Freiheit genießen zu dürfen, schon fast wie ein Glück vorkam.

Aber kaum hatte sie hinuntergeschaut, als sie einen jungen Mann gewahrte, der ihre Gegenwart schon bemerkt haben mußte, denn er blickte deutlich zum Balkon hinauf.

Er stand abseits, das Hemd über der Brust offen, die Hände tief in die Hosentaschen vergraben.

Irena fuhr zusammen. Sie rang sich jedoch noch soviel Beherrschung ab, um nicht allzu eilig zurückzuweichen. Sie zwang sich sogar zu einem gleichgültigen Blick in jene Richtung. Dabei dachte sie sofort, daß dies sicherlich Piotrowski sei. Als er bemerkte, daß sie zu ihm herübersah, lächelte er lausbubenhaft.

Als Anna heimkehrte, lag Irena auf dem Diwan mit einer französischen Ausgabe der «Kartause von Parma». Sie las jedoch nicht. Das Gesicht in die Hände gestützt, blickte sie aus dem Fenster. Da der Diwan niedrig war und an der Wand stand, konnte sie halb liegend nur den Himmel sehen. Streifen grauen, trüben Rauches krochen langsam darüber hin, bis sie endlich in die wolkenlose Bläue eingingen. Von unten her klang das Schreien der spielenden Kinder. Von den lärmenden Rufen der Knaben hob sich deutlich das lustige Gezwitscher der kleinen Terenia ab.

«So viele Kinder sind in diesem Haus!» bemerkte Irena.

Anna setzte sich etwas ermüdet neben sie auf den Diwan.

Irena lauschte weiter.

«Wie schön dieses kleine Mädchen spricht!» sagte sie nach einer Weile. «Die jetzt... die so zwitschert.»

«Das ist das Töchterchen von Frau Karska», erklärte Anna. «Sie ist schon während des Krieges geboren.»

Irena blickte Frau Malecka aufmerksam an.

«Ihr freut euch sicher schon sehr auf euer Kind?» fragte sie plötzlich.

«O ja, sehr!» gestand die andere aufrichtig.

«Habt ihr schon eine Säuglingsausstattung? Das muß doch jetzt furchtbar viel kosten!»

Anna nickte. «Ja, sehr viel. Aber einiges haben uns Bekannte gegeben; den Rest habe ich selbst genäht.»

«Sie können nähen?» wunderte sich Irena.

«Ja, das ist doch keine Kunst.»

«Ich konnte es nie erlernen!» stellte Irena fest, und sie bat: «Zeigen Sie mir doch etwas von diesen Sachen, ja?»

Sie gingen ins Schlafzimmer hinüber. Irena bemerkte erst jetzt das kleine weidengeflochtene Bettchen, das an der Wand stand.

Inzwischen hatte Anna die unterste Schublade der Kommode herausgezogen. Sie war voll Säuglingswäsche. Gleichmäßig und sorgfältig geordnet lagen da winzige Hemdchen, Jäckchen, Lätzchen, Servietten, Leinentücher, Windeln und Badetücher – allerlei drolliger und lustiger Kleinkram.

«Das haben Sie wirklich alles allein genäht?» Irena beugte sich über die Lade.

«Das meiste.»

«Wie viel das ist!»

«Das scheint nur so», lächelte Anna. «Diese Flanelljäckchen sind aus einem alten Schlafanzug von Jan und diese Hemdchen aus einem Hemd von mir. Schauen Sie, drei sind daraus geworden.»

Irena war sehr angeregt. Sie begann in den weichen, kleinen Flanell- und Leinensachen zu wühlen, hob winzige, hellblaue Jäckchen zum Licht empor und mußte herzlich darüber lachen, wie lustig sie aussahen. Plötzlich, mitten in ihrer Erregung, gerade als sie das schönste der kleinen Hemdchen betrachtete, fiel ihr Blick unwillkürlich auf die Kommode. Sie bemerkte dort einige Fotografien, die in einem altväterlichen Rahmen aneinandergereiht waren, und beugte sich über sie.

«Das sind Ihre Eltern, nicht wahr?»

Anna nickte.

«Und das Ihre Brüder, diese drei?»

«Ja, meine Brüder.»

Irena stützte sich bequemer auf die Kommode und betrachtete die Bilder genauer.

«Sie sehen Ihrer Mutter ähnlich», bemerkte sie. «Sie haben die gleichen schönen Augen. Und die Brüder, diese zwei, die sind wohl älter als Sie, und der eine ist jünger, nicht?»

«Ja, das war der Jüngste von uns vieren.»

«War?» Irena begriff nicht gleich.

«Ja, er lebt nicht mehr», erklärte Anna ruhig. «Er ist im September in Modlin gefallen.»

«Ach so», sagte Irena etwas verlegen.

Und in der Absicht, es zu verbergen, fragte sie eilig:

«Und Ihre Eltern?»

«Mutter ist in Wilna. Den Vater haben die Deutschen gleich bei der Einnahme von Litauen erschossen.»

Sie lehnte sich neben Irena an die Kommode und betrachtete die Fotografien aus der Nähe.

«Von unserer ganzen Familie lebt außer mir nur noch die Mutter und vielleicht der älteste Bruder. Der hier!» Sie wies auf sein Bild, das wohl ein frühes sein mochte, denn es stellte einen ganz jungen Burschen dar. «Er diente bei unserem Militär in England. Wir hatten die Nachricht, daß er in Norwegen war, dann in Afrika. Jetzt haben wir seit langer Zeit keinen Brief mehr von ihm. Und dieser da, Franek, ist im vorigen Jahr in Dachau gestorben.»

Eine Weile herrschte Schweigen.

«Da haben Sie viele, die Ihnen nahegestanden haben, verloren», flüsterte Irena.

«Ja», nickte Frau Malecka. «Ich hatte einen sehr guten Vater und sehr gute Brüder. Wir waren alle sehr miteinander verbunden.»

Sie richtete sich auf und begann, die verstreuten Wäschestücke sorgfältig zusammenzulegen.

Irena sah schweigend ihren schwerfälligen Bewegungen zu. Das Bücken schien Anna anzustrengen, und so kniete sie auf dem Fußboden.

«Dieses noch!» Irena erinnerte sich plötzlich, daß sie eines der Hemdchen in der Hand hielt.

Annas braune Augen lächelten.

«Das soll das Taufhemdchen sein. Es ist das schönste.»

Irena zuckte zusammen.

«Haben Sie sich nie gegen die Sinnlosigkeit des Todes Ihrer Angehörigen aufgelehnt?»

Anna wurde nachdenklich.

«Ja», sagte sie nach einer Weile. «Sogar sehr. Ich habe mich jedoch geändert.»

«Aber wozu denn nur dies alles, wozu?» rief Irena.

Anna strich die Falten des Hemdchens glatt und legte es in die Kommode.

«Ich weiß auch nicht immer, wozu. Aber ich glaube, daß alles seinen Sinn hat, nur kennen wir ihn nicht immer.»

«Kommt das nicht auf dasselbe heraus?»

«O nein!» erwiderte die andere mit tiefer Überzeugung. «Das ist etwas ganz anderes.»

Irena schüttelte den Kopf.

«Nein, das kann ich nicht verstehen! Was hab ich davon, wenn ich mir einzureden versuche, daß alles – wie Sie sagen – einen Sinn hat? Was für einen Sinn können denn die schrecklichen Leiden der Menschen und alles das, was geschieht, haben? Welchem Ziel soll das dienen? Das Leiden adelt uns durchaus nicht.»

«Ich weiß», murmelte Anna.

«Sehen Sie: ich kann es an mir erkennen. Ich bin jetzt viel schlechter, als ich war. Alle sind schlechter!»

Anna mußte plötzlich an Julek denken.

«O nein», widersprach sie. «Nicht alle sind schlechter.»

«Nehmen wir es an», gab die andere nach. «Aber der Großteil jedenfalls. Ich denke nicht an einzelne. Vielleicht gibt es solche – aber die Allgemeinheit?»

Anna konnte es nicht leugnen.

«Ja, das ist richtig.»

«Was liegt darin also für ein Sinn?» wiederholte Irena. «Und wenn Tausende der Besten zugrunde gehen, die noch so viel zu geben hätten, noch so viel Gutes tun könnten, hat das auch einen Sinn? Was für einen? Sagen Sie doch, was für einen?»

Anna schob, immer noch kniend, langsam die Lade zu.

«Ich weiß es nicht», gab sie nach einer Weile zurück. «Ich weiß darauf nichts zu antworten. Ich glaube jedoch fest, daß die Welt von Ordnung regiert wird und daß nichts ohne Grund geschieht.»

«Und was nützt das schon?» Irena zuckte die Achseln.

Anna senkte den Kopf.

«Ich wäre gern besser als ich bin», antwortete sie leise. «Das ist alles.»

Gleichzeitig dachte sie, daß ihr innigster Wunsch das immer stärker werdende Bedürfnis war, auf den Mann, den sie liebgewonnen hatte, stolz sein zu können. Aber das sagte sie nicht mehr.

Am späten Nachmittag erschien unerwartet Julek. Anna freute sich, als sie ihn sah, aber es stellte sich heraus, daß er nur für kurze Zeit gekommen war.

«Spätestens um sieben Uhr muß ich zurück sein», verkündete er. «Von euch in die Stadt zu gelangen, ist jetzt direkt eine Expedition. Gleich muß ich wieder laufen.»

Er war erregt und erhitzt, man sah ihm an, daß er von der Straßenbahn her sehr rasch gegangen war. Er zog den Mantel aus, warf ihn nachlässig auf den nächsten Stuhl und strich die zerzausten, schweißverklebten Haare aus der Stirn.

«Kommst du nicht zum Schlafen zurück?» fragte Anna.

«Nein», schüttelte er den Kopf. «Überhaupt, wartet nicht auf mich!»

Anna wurde unruhig.

«Willst du verreisen?»

Julek nahm eine Schachtel mit Tabak heraus und begann, eine Zigarette zu drehen.

«So ungefähr!»

«Für lange?»

«Keine Ahnung!»

«Schade», bedauerte Anna. «Jan ist noch nicht zurück.»

Julek machte eine abschätzende Handbewegung und zündete die Zigarette an.

«Janek? Wir werden's verschmerzen!» stellte er gutmütig fest.

Und er trat ans Fenster.

«Ich wollte übrigens vor allem dich sehen», sagte er, ihr den Rücken kehrend.

Er wartete eine Weile und wandte sich, als sie nichts erwiderte, ihr zu. Eine leise Röte färbte sein gebräuntes Gesicht.

«Ich wollte dir von einer Sache erzählen... Natürlich nur, wenn du es willst...» fügte er eilig hinzu.

Er setzte sich rittlings auf den Stuhl und neigte sich zu Anna.

«Siehst du, es ist so», begann er, «es trifft sich eben so, daß ich nicht recht weiß, ob ich Gelegenheit haben werde, zurückzukehren.»

Bewegungslos, etwas steif, mit ungeschickt im Schoß gefalteten Händen dasitzend, sah sie ihn an. Ein kaum sichtbarer Schatten glitt über ihre Augen.

Julek begann zu lachen.

«Natürlich sagt man das nur so. Und sicher werde ich noch euer Kind bei der Taufe halten!»

«Fährst du wirklich fort?» fragte sie leise.

«Nein.»

Es handelte sich nicht um eine Reise. Es handelte sich um bewaffnete und möglichst rasche Hilfe für die im Getto eingeschlossenen jüdischen Aufständischen. Dies sollte allerdings keine größere Aktion werden. Notgedrungen und angesichts der Sachlage in dem besetzten Land würde sie sich auf moralischen Beistand beschränken und eher eine Kundgebung als ein auf Sieg berechnetes Unternehmen sein müssen. Der jüdische Aufstand war von vornherein zum Scheitern und das Getto zur Vernichtung verurteilt. Jede Hilfe konnte unter diesen Umständen daher nur wie ein unvernünftiges Vermehren der Opfer erscheinen. Trotzdem war es Julek und einigen anderen gelungen, die Leitung einer der radikalen Organisationen davon zu überzeugen, daß – ohne Rücksicht auf ihre Wirksamkeit – polnischerseits den Juden Hilfe gewährt werden müsse. Seit gestern war die Organisation des beschlossenen Unternehmens im Gange. Der ganze Plan war bereits ausgearbeitet; Waffen und Munition waren bereitgestellt. Man hatte gegen fünfzig Freiwillige gesammelt. Der Beginn der Aktion, der Durchbruch auf die Seite jenseits der Mauern, war für die heutige Nacht, vom Mittwoch auf den Donnerstag, festgesetzt worden.

Anna saß immer noch ohne Bewegung mit geneigtem Kopf, die Hände im Schoß gefaltet, da.

«Und was weiter?» fragte sie leise.

Julek drehte eine neue Zigarette.

«Mein Gott!» er zuckte die Achseln. «Wir gehen auf keine Unterhaltung.»

«Das ist Wahnsinn, was ihr da tut!» entfuhr es ihr unwillkürlich.

Julek zog die dichten Brauen zusammen.

«Und das sagst du?» fragte er mit leisem Vorwurf.

Sie wurde verlegen. Er erhob sich und begann, mit großen Schritten im Zimmer auf und ab zu gehen.

«Glaube nicht, daß wir das tun, um verschiedene Verfehlungen und Verbrechen unserer Landsleute wettzumachen. Kein Sühnopfer! Das ist nichts für uns. Alles ist viel einfacher. Dort gehen Menschen zugrunde, die um das gleiche kämpfen wie wir: um die Freiheit, um die Zukunft. Also muß jemand von uns bei ihnen sein. Das ist doch klar, nicht? Einfach Solidarität, sonst nichts!»

Er warf einen Blick auf die Uhr und blieb vor Anna stehen. Eine Weile stand er schweigend, leicht geneigten Kopfes da, als suche er nach Worten, die er sagen wollte.

«Es ist spät», äußerte er endlich. «Ich muß gehen.»

Als sie aufstand, ergriff er ihre Hand.

«Weißt du», sagte er in weichem Ton, «ich habe meine Mutter eigentlich nie gekannt; ich kann mich kaum an sie erinnern. Aber wenn ich an sie denke, so scheint es mir, als müsse sie in ihrer Jugend dir geglichen haben. So wie du muß sie gewesen sein!»

Anna errötete.

«Wirklich!» Er neigte sich tief über ihre Hand.

Erst in der Diele fragte sie, ob sie von alledem Jan erzählen solle.

Julek überlegte.

«Wie du willst», beschloß er endlich. «Mach es, wie du es für richtig hältst!»

Eine Weile stand sie noch im Vorraum. Julek lief, laut mit den Stiefeln klappernd, die Treppe hinunter. Als sie ins Speisezimmer zurückging und aus dem Fenster sah, überquerte er gerade die Straße. Er war ohne Mütze, den Mantel hatte er um die Schultern geworfen. Plötzlich wandte er sich um und mußte sie wohl von ferne bemerkt haben, denn er winkte mit der Hand. Bald darauf verschwand er hinter der Straßenecke.

Es vergingen einige Sekunden, ehe sie begriff, daß sie alles wie durch einen Nebel sah. Aber nun mußte sie sich nicht länger beherrschen; und Tränen begannen an ihren Wangen herabzurinnen.

Malecki begegnete Frau Karska in der Straßenbahn, und so gingen sie denn gemeinsam nach Hause. Die Majorin war sehr erschöpft und niedergeschlagen. Den ganzen Nachmittag war sie in der Stadt auf der Suche nach einem Käufer für jene fünfhundert Paar Herrenstiefel umhergelaufen, und als sie endlich einen Interessenten gefunden hatte und das Geschäft schon getätigt schien, stellte sich im letzten Augenblick heraus, daß der ganze Posten bereits vor zwei Tagen verkauft worden war. Möglicherweise hatte es ihn auch nie gegeben, denn der Verkäufer erwies sich als Vermittler aus dritter oder gar vierter Hand.

«Sagen Sie selbst, ist das nicht zum Verzweifeln?» beklagte sie sich bei Malecki. «Ein ganzer Tag voll solcher Schinderei und alles umsonst. Man hat ja nicht mehr die Kraft...»

Malecki hörte ihr zerstreut zu. Seit vielen Stunden quälte er sich mit Gedanken an zu Hause. Jetzt aber wuchs ungestüm die Sorge in ihm, ob dort in seiner Abwesenheit nicht unvorhergesehene Ereignisse eingetreten seien. Er beschleunigte daher auch fortwährend den Schritt und verlangsamte ihn erst wieder, wenn er bemerkte, daß ihm die Majorin nicht folgen konnte. Doch machte ihn dieser Umstand sehr nervös.

Auf dem halben Weg etwa, bei dem nach Harz duftenden Fichtenwäldchen, stieß der eilig daherkommende Julek auf sie. Im ersten Augenblick machte der Bursche eine Bewegung, als wollte er ihnen ausweichen. Aber Jan hielt ihn an.

«Was gibt's zu Hause, Julek? Warst du jetzt dort?»

«Ja», gab dieser kurz zurück.

«Na, und?»

«Alles in Ordnung.»

Malecki atmete erleichtert auf.

«Das ist mein Bruder», stellte er Julek der Majorin vor.

Als Frau Karska laut und deutlich ihren Namen ausgesprochen hatte, verfärbte sich Julek ein wenig. Jan dagegen begriff erst jetzt, daß sein Bruder zur Straßenbahn ging.

«Wohin gehst du denn?» fragte er. «In die Stadt?»

«Ja.»

«Um diese Zeit?»

«Ich werde anderswo übernachten», erklärte Julek.

«Ach so, das ist etwas anderes», gab sich der andere zufrieden.

Frau Karska betrachtete indessen Julek mit unruhiger Aufmerksamkeit. Das also war der Mensch, der das Geheimnis ihres Sohnes kannte; der mehr über ihn wußte als sie; mit dem er aufrichtig über alles reden konnte! Sie fühlte keine Eifersucht. Sie wollte nur aus den Zügen des jungen Malecki, aus dem Klang seiner Stimme erraten, wer er sein mochte, und wodurch es ihm gelungen war, die Bewunderung und die Liebe Wlodeks zu gewinnen. Aber Julek hatte es eilig und begann, sich sogleich zu verabschieden. Sie empfand ein sehr merkwürdiges Gefühl, als er den hellen Kopf neigte und ihre Hand mit warmen Lippen küßte, deren Berührung noch ganz kindlich wirkte. In diesem Augenblick erschien er ihr wie ein schüchterner Junge, kaum älter als ihr Sohn.

«Servus, Alter!» Julek streckte dem Bruder die Hand entgegen. «Halt dich gut!»

«Auf Wiedersehen!» antwortete Jan.

Frau Karska konnte der Versuchung nicht widerstehen, sich nach dem Fortgehenden umzublicken. Er ging sehr schnell, mit langen, gleichmäßigen Schritten. Sein Mantel, den er über die Schultern geworfen hatte, erinnerte von weitem an eine Pelerine.

Vor dem Haus spielte Terenia. Sie saß auf den Stufen und hielt eine Puppe in buntscheckigem, aus Stoffresten genähtem Kleidchen auf dem Schoß.

Als sie die Mutter erblickte, sprang sie ihr entgegen.

«Ist Wlodek zu Hause, mein Liebling?» Die Majorin küßte sie.

Die Kleine verzog schmollend das Gesichtchen.

«Ich mag Wlodek nicht!»

«Warum? Was ist geschehen?»

«Weil er fortgegangen ist.»

«Lange schon?» beunruhigte sich die Majorin.

«Gar nicht lange!»

Aber das war alles, was sie von der Kleinen erfahren konnte. Kaum hatte sie jedoch die Wohnung betreten, als sie sofort bemerkte, daß vom Kleiderhaken der Mantel des Sohnes verschwunden war. In der letzten Zeit hatte er ihn nur bei schlechtem Wetter getragen.

«Terenia!» rief sie die Kleine herbei. «Hat Wlodek bestimmt nicht gesagt, wohin er geht? Besinne dich!»

Mit dunklen Ärmchen die Puppe an sich drückend, hob Terenia erstaunt die Augen zur Mutter und schüttelte den Kopf.

«Warum ängstige ich mich?» dachte Frau Karska. «Noch ist ja nichts geschehen.» Aber die Unruhe drang immer hartnäckiger auf sie ein. Ohne Hut und Mantel abzulegen, warf sie einen Blick in die Küche. Das Mittagessen, das sie schon gestern für die Kinder vorgerichtet hatte, war verzehrt worden. Das Geschirr mußte Wlodek abgewaschen haben, denn sie fand weder auf dem Herd noch auf dem Tisch etwas Schmutziges. Das gab ihr ein wenig Zuversicht.

«War das Mittagessen gut, Terenia?» fragte sie.

«Gut», antwortete die Kleine sehr ernst und trippelte der Mutter ins Zimmer nach.

Frau Karska nahm den Hut ab. Es war noch nicht sieben Uhr. Zu der obligatorischen Polizeistunde fehlten noch mehr als sechzig Minuten.

«Ich sollte mich nicht dauernd ängstigen», dachte sie, während sie die Handflächen an die Schläfen drückte. Sie wollte gerade den Mantel ablegen, als sie auf dem Tischchen neben dem Diwan einen kleinen Zettel bemerkte. Ihr Herz begann stärker zu schlagen. Sie erkannte sofort Wlodeks sorgfältige, noch sehr schülerhafte Handschrift.

«Mamachen, ich konnte nicht anders.» Das war alles, was er geschrieben hatte.

Sie las den kurzen Satz mehrmals. Ihr erster Impuls war, aus dem Haus zu laufen und Wlodek zu suchen. Aber die Beine ließen sie im Stich. Sie mußte sich setzen, um nicht hinzufallen. Wieder begann sie den Zettel zu lesen: «Mamachen...» Sie dachte nichts mehr. Eine Leere tat sich in ihr auf. Plötzlich hörte sie wie aus weiter Ferne Terenias leises Wispern. Mechanisch hob sie den Kopf.

Im Zimmer herrschte Dämmerung. Terenia stand dicht neben ihr; mit den braunen Ärmchen drückte sie die Puppe ans Herz.

«Mamachen!» Die Kleine erschrak vor dem blinden Blick der Mutter.

«Was, mein Liebling?» murmelte Frau Karska.

Terenia neigte den Kopf. Eine Weile glättete sie mit winzigen Fingern das scheckige Puppenkleidchen.

«Mamachen», begann sie, so leise sie nur konnte, «hast du mich genauso lieb wie Wlodek? Sag, genauso?»

Ein Krampf in der Kehle erlaubte Frau Karska nicht, gleich zu antworten. Die Worte blieben ihr im Halse stecken. Und erst nach einer längeren Pause vermochte sie zu flüstern:

«Aber ja, mein Liebling, natürlich, genauso...»

Malecki bemerkte sofort, daß Anna gerötete Augen hatte.

«Was ist geschehen?» fragte er beunruhigt. «Hast du geweint?»

Sie spielte die Erstaunte.

«Aber nein, wieso denn? Wie kommst du darauf?»

«Wirklich nicht?» Er wollte es nicht glauben.

Sie begann zu lachen. Er war an ihre Aufrichtigkeit so gewöhnt, daß er sich leicht überzeugen ließ.

«Weißt du, ich bin Julek unterwegs begegnet», sagte er beruhigt. «Den hat's wieder irgendwo hingetragen. Eigentlich trifft es sich ganz gut, daß er nicht bei uns nächtigen wird. Die gestrige Nacht war nicht gerade gemütlich. Wie geht es Irena?»

Bevor sie antworten konnte, fiel ihm der fremde Ausdruck ihres Gesichtes auf.

«Was ist dir denn?» Er musterte sie prüfend.

Anna wurde verlegen.

«Gar nichts ist mir», antwortete sie etwas unsicher.

«Aber ich seh dir's doch an!»

«Wenn mir nun aber wirklich nichts fehlt!» wiederholte sie in überzeugenderem Ton.

Er war nun sicher, daß sie die Unwahrheit sprach. Sein Selbstgefühl erlaubte ihm nicht, sie weiter auszufragen. Um so unangenehmer fühlte er sich berührt.

«Du brauchst es ja nicht zu sagen, wenn du nicht magst.» Er blickte sie ohne Wohlwollen an. «Aber rede mir wenigstens nicht ein, daß nichts mit dir los ist. Ich hab ja Augen und sehe.»

Sie wurde nur rot und verließ wortlos das Zimmer. Er wollte ihr nacheilen, doch hielt er im letzten Augenblick inne. Dieses plötzliche Verlassen des Raumes lag so gar nicht in Annas Charakter, daß das Erstaunen hierüber seinen unwillkürlichen Zorn dämpfte. Also blieb er unentschlossen stehen, und da ihm einfiel, wie ganz anders er sich tagsüber seine Heimkehr vorgestellt hatte, fühlte er sich sehr unglücklich und ungerecht behandelt. Zwar äußerte er nur selten seine wahren Empfindungen, doch glaubte er, daß sie seinen Nächsten, immer und allem Anschein zum Trotz, klar und verständlich sein müßten.

Während der späten abendlichen Hauptmahlzeit hinkte das Gespräch bei Tisch merklich und wollte sich nicht ineinanderfügen. Jeder von den dreien war von den eigenen Gedanken in Anspruch genommen, und keiner vermochte seine Abgeschiedenheit zu durchbrechen. Glücklicherweise dauerte das Essen nicht lange, und Irena ging – kaum daß es zu Ende war – ins Arbeitszimmer hinüber. Sie wollte sich zeitig schlafen legen.

Da Anna den am Abend stärker werdenden Gasdruck ausnützen und noch einige Wäschestücke im Badezimmer waschen wollte, ging Jan hinunter, um ein wenig Luft zu schöpfen.

Vor dem Haus tollte noch Stefcio Osipowicz umher, aber schon rief ihn vom zweiten Stock aus sein Vater, und der Kleine hüpfte in Känguruhsprüngen hinauf. Im Nachbargärtchen beendete soeben der alte, grauhaarige Herr das Gießen der Beete und kehrte langsamen Schrittes, in den Schultern leicht gebeugt, die grüne Gießkanne in der Hand, ins Haus zurück.

Da erreichte Malecki vom offenen Parterrefenster her Piotrowskis tiefe, träge Stimme:

«Was wohnt da für eine Frau bei Maleckis?»

«Eine Saujüdin!» klang von drinnen die verächtliche Antwort der Piotrowska.

«Woher weißt du das?»

«Woher? Es genügt, wenn man sie anschaut. Und wo hast du sie gesehen? Sie sollte sich wenigstens nicht herumtreiben...»

«Treibt sich gar nicht herum», sagte er nachlässig. «Ist nur auf den Balkon herausgetreten. Fesche Frau.»

«Aber eine Saujüdin.»

«Na – und?» lachte Piotrowski. «Glaubst du, eine Jüdin hat nicht das, worauf's ankommt?»

«Schwein!»

Er lachte immer lauter.

«Aber du hast das auch, worauf es ankommt. In bester Ordnung. Brauchst dich nicht zu kränken.»

«Schwein», wiederholte Frau Piotrowska, aber schon in milderem Ton. «Ich weiß selbst, was ich in Ordnung hab, brauchst es mir nicht erst zu sagen.»

Nach einer Weile drang aus der Wohnung ihr gedämpftes, kehliges Lachen. –

Malecki verlor die Lust, vor dem Haus zu bleiben. Er wollte eben in die Wohnung zurückkehren, als er hörte, daß jemand vom letzten Halbstock herunterkam. Nach einer Weile erschien Herr Zamojski, der Hausbesitzer, in der Tür.

Es war dies ein älterer, alleinstehender Witwer, mager und vorgebeugt, mit großer Nase, die etwas zu scharf aus dem schmächtigen Kaninchengesicht hervorragte. Obwohl er mit gewissem Stolz beim Vorstellen seinen schönen Namen betonte, hatte Zamojski nichts mit der in Polen bekannten Magnatenfamilie zu tun. Man muß auch zugeben, daß er sich nur in seltenen Fällen mit einem «y» unterschrieb. Vor dem Krieg war er Ministerialrat gewesen. Überdies hatte er eine Tochter, deren Mann seinerzeit das Amt eines Starosten versehen hatte. Zamojski sprach von seiner Tochter immer als von der «Starostin». Jetzt weilte diese Starostin samt ihrem Mann in Kanada. Der ehemalige Ministerialrat besaß eine schön möblierte Wohnung und lebte trotz seiner ewigen Klagen über materielle

Sorgen bequem und auskömmlich. Er war auch der einzige Hausbewohner, der es sich leisten konnte, Personal zu halten. Er hatte einen Diener namens Wladek.

Als er Malecki auf den Stufen erblickte, begrüßte er ihn mit der ihm eigenen höfischen Förmlichkeit und blieb neben ihm stehen. «Ein schöner Abend!» Er sog die Luft durch seine lange Nase ein.

Malecki murmelte eine Bestätigung. Der Ausblick auf ein Gespräch mit Zamojski erschien ihm nicht gerade verlockend. Er fühlte jedoch, daß es sich nicht schicke, gleich fortzugehen, und daß er wenigstens einige Minuten verweilen müsse.

«Ich kann mich nicht entsinnen, daß der Flieder jemals so früh erblüht wäre wie in diesem Jahr», fuhr Zamojski fort, indem er jedes Wort sehr deutlich betonte. Er maß einer untadeligen Ausdrucksweise große Bedeutung bei. In seiner reichhaltigen Bibliothek hatte er alle polnischen Wörterbücher und die neuesten Grammatikwerke.

«Ja, tatsächlich», gab Malecki farblos und gleichgültig zu.

Zamojski bemerkte dies gar nicht.

«Welch eine Luft!» Er atmete mit Hingabe. «Spüren Sie's?»

«Der Flieder», stellte Malecki kurz und treffend fest.

«Aber wie er riecht! Welch ein Duft! Ganz wie im Mai, wie in einer Maiennacht!»

Und als wollte er mit dem Zauber der Nacht in nähere Verbindung treten, hob er sich auf die Zehenspitzen, und sein Kaninchengesicht war voll bewegten Entzückens.

Malecki verabschiedete sich.

«Was? Sie gehen schon?» kränkte sich der andere aufrichtig. «Es ist doch schade, bei solchem Wetter zu Hause zu sitzen!»

«Leider erwartet mich noch Arbeit», entschuldigte sich Malecki.

Er ging zu Bett, noch ehe Anna mit der Wäsche im Badezimmer fertig war. Er versuchte zu lesen, aber schon nach einigen Minuten legte er das Buch weg. Er löschte jedoch das Licht nicht, sondern lag, die Hände unter den Kopf geschoben, und starrte zur Decke empor.

Nach etwa einer Viertelstunde kam Anna. Sie sah sehr erschöpft aus.

«Weißt du», sagte er plötzlich, «man sollte Irena erklären, daß sie sich nicht auf dem Balkon zeigen darf. Was hat das für einen Sinn? Bald wird das ganze Haus wissen, wen wir bei uns beherbergen. Ich danke für eine solche Reklame!»

Anna blieb mitten im Zimmer stehen.

«Ist etwas geschehen?»

«Nichts ist geschehen», sagte er gereizt, «aber die ersten Kommentare sind da.»

«Die Piotrowska!» erriet Anna. «Aber die hat ja Irena schon gestern gesehen.»

«Und heute hat sie zur Abwechslung *der* Piotrowski gesehen. Sie hatte nichts Besseres zu tun, als auf den Balkon zu kriechen.»

Erst jetzt bemerkte er, in welch unangenehm gereiztem Ton er sprach.

«Vielleicht sagst du ihr das», äußerte er nach einer Weile schon ruhiger. «Für dich schickt sich das besser als für mich. Es liegt doch in ihrem eigenen Interesse, auf sich mehr achtzugeben. Von uns ganz zu schweigen; wir sind wieder was anderes.»

Er sprach noch eine ganze Weile, aber je schlagender und offensichtlicher die Argumente waren, die er wählte, um so deutlicher empfand er, daß es ihm in der ganzen

Geschichte vor allem um die eigene Ruhe, die eigene Sicherheit ging. Es bestand kein Zweifel darüber, daß dies auch Anna nur allzu klar war. Zu einer weiteren Anstrengung, die darin bestanden hätte, sich selbst zu widerlegen, konnte er sich jedoch – müde wie er war – nicht mehr aufraffen. Annas Schweigen machte ihn vollends niedergeschlagen.

«Gut», sagte sie nur. «Ich werde es Irena gelegentlich zu sagen versuchen.»

Und sie kamen auf das Thema nicht mehr zurück.

Nachdem er bald darauf in einen kurzen, sehr tiefen Schlaf gesunken war, erwachte Jan plötzlich mitten in der Nacht. Er wurde sofort munter und alle Schläfrigkeit verließ ihn. Eine Weile lag er regungslos da und versuchte, sich in der Dunkelheit zurechtzufinden.

Anna schlief. Er hörte neben sich ihren unregelmäßigen, schweren Atem. Er lauschte längere Zeit diesem Rhythmus. Endlich schob er sich leise unter der Decke hervor, trat barfuß, da er im Dunkel die Pantoffeln nicht finden konnte, ans Fenster und hob die Verdunklungsblende.

Über Warschau flammte der Himmel. Am Horizont sprang stellenweise lebhaftes Feuer auf. Stille herrschte und Finsternis, und hoch am Himmel, dort, wo er vom Abglanz der Brände nicht mehr erfaßt war, blinkten lebendig einige Frühlingssterne.

Beim Zurückgehen stieß Jan an einen Sessel. Anna erwachte sofort.

«Was ist geschehen?»

«Nichts», entgegnete er leise. «Ich wollte bloß Wasser trinken.»

Er tastete auf dem Tisch nach der Karaffe und goß etwas Wasser in ein Glas. Gierig trank er; seine Kehle war ausgetrocknet. Nach einer Weile kroch er wieder unter die Decke. Aber er fühlte keine Schläfrigkeit. Es war erst ein Uhr, er hatte noch eine lange Nacht vor sich.

Nachdem Anna längere Zeit unbeweglich dagelegen hatte, nahm er an, daß sie schlief. Plötzlich fühlte er neben sich – eine Armlänge nur entfernt – das leise Schüttern ihres Körpers. Einen Augenblick hielt er den Atem an. Dann stützte er sich auf den Ellbogen.

«Ania», flüsterte er, indem er sich über sie neigte. «Was ist dir?»

Sie gab keine Antwort. Aber das unterdrückte Schluchzen ließ nun deutlich ihren Rücken erzittern.

«Ania, Ania!» Er nahm sie in die Arme. «Mein Liebling…»

Sie lag da, das Gesicht in das Kissen gepreßt. Er versuchte, ihren Kopf zu sich zu wenden, und obgleich sie in diesem Augenblick in Gedanken so weit von ihrem Mann entfernt war, lehnte sie sich an seine Brust und begann laut, fast kindlich zu weinen.

4

Am folgenden Tag dauerten die Kämpfe im Getto unverändert fort. Die Aufständischen wehrten sich erbittert und planvoll, sie kämpften um jede Gasse, um jeden einzelnen Häuserblock. Die Deutschen zogen Abteilungen von Letten, Litauern und Ukrainern zur Hilfe heran, da sie sich bei schmutzigen und niedrigen Geschäften gerne von anderen Nationen vertreten ließen, indem sie die vorhandenen Feindschaften gegeneinander ausspielten.

In anderen Teilen des Gettos, die in die Kämpfe nicht verwickelt und vorläufig von der Verschleppungsaktion nicht erfaßt waren, herrschte Ruhe. Wie die Schleichhändler behaupteten, die in den jüdischen Stadtteil Nahrungsmittel einschmuggelten, lief dort das Leben normal weiter. Jene Menschen, die sich bis zum Schluß Hoffnungen hingaben, sollten erst in einigen Tagen vernichtet werden; auch ihre Häuser sollten noch in Flammen aufgehen. Ähnlich wie im vergangenen Herbst bei der Liquidierung des sogenannten «kleinen Gettos», hatten die Deutschen ein eigenes Bahngleis in den jüdischen Stadtteil gelegt. Hintereinander fuhren die Züge ein, und man belud die Güterwagen mit wehrlosen Menschen. Die Gaskammern von Majdanek verschlangen immer neue Transporte.

Hier indessen, im Brennpunkt des Widerstandes und der Kämpfe, erfaßte das Feuer eine immer größere Zahl von Häusern. Jene Gebäude, die zuerst zu brennen begonnen hatten, erloschen allmählich, und auf der jüdischen Seite der Bonifraterska ragten über die ziegelroten Mauern die geschwärzten Skelette der Brandstätten.

Das Eckhaus jedoch, welches am gestrigen Abend vom Feuer erfaßt worden war, stand nun in Flammen. Es mußte unbewohnt und wohl schon früher der Möbel beraubt worden sein, denn das Feuer vernichtete es nur sehr langsam. Kaum zwei Stockwerke waren während der Nacht ausgebrannt, und jetzt züngelten die Flammen aus den leeren Fenstern der ersten Etage.

Die größten Brandherde sah man am Muranow und weiterzu in Powaski. Der Wind wechselte oft die Richtung, und in einem Großteil der inneren Stadt spürte man starken Brandgeruch. Eine riesige schwarze Wolke hing über Warschau. Aber es herrschte lebhafter Verkehr und eine vorösterliche Feststimmung.

Es war Gründonnerstag.

Malecki war am Morgen zur gewohnten Stunde in die Stadt gefahren. Erst am Karfreitag sollte er dienstfrei sein. Als er jedoch in der Straße des sechsten August anlangte, wo sich das kleine, zwei Zimmer umfassende Büro der Firma befand, stellte sich heraus, daß es nach dem gestrigen fieberhaften Betrieb heute nicht viel zu tun gab. Nicht einmal die übliche laufende Arbeit wollte so recht vonstatten gehen. Der Besitzer des Unternehmens, Wolanski – ebenfalls Architekt und ein Bekannter Maleckis noch aus der Vorkriegszeit –, war überhaupt nicht erschienen.

Hingegen wurde in einem der beiden Zimmer, im sogenannten «Allgemeinen» (das andere hieß «Direktion» und

Malecki und Wolanski amtierten dort), ein lebhaftes Gespräch geführt. Als Malecki, durch die erhobenen Stimmen neugierig gemacht, eintrat, geriet er mitten in die heißeste Diskussion.

Im «Allgemeinen» befanden sich vier Personen: die Direktionssekretärin, Fräulein Stefa, eine üppige, platinierte Blondine, der die rasierten Brauen und aufgebogenen Wimpern den Ausdruck kindlichen Staunens verliehen, die Stenotypistin, Fräulein Marta, der Laufbursche Bartkowiak und ein junger Mann, der als einziger nicht zum Personal gehörte. Es war dies ein stattlicher blonder Mensch, mit charakteristisch länglichem Schädel und tiefliegenden Augen in einem raubvogelhaften Gesicht.

Malecki kannte diesen Jüngling, denn Zalewski (oder auch Zygmunt, wie ihn Fräulein Stefa nannte) kam in letzter Zeit häufig in die Straße des sechsten August. Vor dem Krieg hatte er Jura studiert. Jetzt beschäftigte er sich unter anderem mit Gold- und Valutenhandel.

Als Malecki ins «Allgemeine» trat, saß Zalewski auf einem Tisch und gestikulierte heftig.

«Und ich sage euch, daß wir in diesem einen Fall dem Hitler dankbar sein müssen. Er hat für uns eine mühevolle und – geben wir es zu – auch peinliche Schmutzarbeit erledigt. Wenn es nicht Hitler getan hätte, so müßten wir nach dem Krieg selbst zur Liquidierung der Juden schreiten. Eine Sorge weniger, das ist doch klar! Und alle sogenannten humanitären Rücksichten –» er wandte sich an das bei der Schreibmaschine sitzende Fräulein Marta – «kommen hier nicht in Betracht. Polen muß judenrein werden. Das ist unsere Staatsraison. Erst einmal das. Und dann: wir haben keinen Grund zum Mitleid mit den Juden, sie haben mit uns auch keines. Jeder von ihnen würde – wenn er könnte – ohne weiteres den erstbesten Polen, der ihm begegnet, über den Haufen schießen. Wenn die Juden zur Macht kämen, würden sie uns schon zeigen, wozu sie imstande sind.»

Er sprach schnell, leidenschaftlich und mit unbeirrbarer Selbstsicherheit, in dem Ton eines Mannes, der gewohnt ist, häufig Ansprachen zu halten und zu diskutieren. Die langen Wimpern auf- und niederschlagend, verschlang ihn Fräulein Stefa mit Blicken deutlichen Entzückens. Auch in Bartkowiaks Augen lag Zustimmung. Einzig Fräulein Marta war vom Sprecher halb abgewendet. Das dunkle, glatt angekämmte Haar verlieh ihrem Kopf ein sehr jugendliches Aussehen. Sie saß über die Schreibmaschine gebeugt.

Als er Malecki erblickte, wandte Zalewski sich an ihn.

«Hab ich nicht recht, Herr Ingenieur?»

Malecki befand sich in einer unangenehmen Lage. Er hatte nicht die mindeste Lust, sich in die Diskussion einzumengen. Auf Zalewskis Frage hin hatten sich jedoch die Blicke aller auf ihn gerichtet. Sogar Fräulein Marta hob den Kopf. Sie war sehr blaß und ihr Mund bebte.

Er mußte etwas erwidern.

«Ich habe zwar nicht das ganze Gespräch gehört», begann er langsam, «aber das, was Sie sagten, erscheint mir nicht neu...»

«Natürlich», stimmte Zalewski befriedigt zu. «Das polnische Volk beginnt schon seit längerer Zeit zu begreifen, was die Juden sind...»

«Vor dem Krieg waren solche Gedanken recht populär bei unseren Faschisten», stellte Malecki fest.

Zalewskis Miene wurde abweisend.

«Sie wollen sagen: bei den Nationalen.»

«Ist das nicht dasselbe?»

«Nein!» gab jener scharf zurück.

Und mit zusammengekniffenen Augen sah er Malecki herausfordernd an.

«Wir wissen wohl, in welchen Kreisen man uns als Faschisten brandmarken will. Aber nach dem Krieg werden wir diesen Herren schon den Unterschied erklären!»

«In Konzentrationslagern?» fragte plötzlich Fräulein Marta.

Einen Augenblick lang wurde Zalewski unsicher. Bald jedoch gewann er seine Selbstbeherrschung zurück.

«Wenn es nötig sein wird, *ja!*» antwortete er scharf. «Eben dort und nicht anderswo werden wir den Juden und Kommunisten klarmachen, wer wir sind.»

Im Zimmer herrschte Schweigen. Fräulein Stefa, nicht ganz sicher, ob Zygmunt nicht zu viel gesagt habe, nahm ihre Puderdose heraus und begann unter Auf- und Zuklappen der Wimpern das hübsche Gesichtchen mit der Quaste zu reiben. Fräulein Marta dagegen war noch bleicher geworden. Was Malecki betraf, so hätte er sich am liebsten aus dieser peinlichen Geschichte zurückgezogen.

Plötzlich erhob sich Fräulein Marta.

«Bis zum Ende des Krieges ist es möglicherweise noch lang», sagte sie mit leicht bebender Stimme. «Also werde einstweilen ich Ihnen sagen, was ihr seid.»

Zalewski lächelte ironisch.

«Bitte schön, ich lausche...»

«Banditen!» schleuderte sie ihm ins Gesicht.

Er machte eine Bewegung, als wollte er sie unterbrechen, sie maß ihn jedoch mit einem so verächtlichen Blick, daß er schwieg.

«Ihr seid Banditen!» wiederholte sie noch lauter. «Man könnte euch bloß verachten, wenn man sich nicht so schämen müßte, daß ihr Polen seid. Schande bringt ihr über uns! Bestien!» rief sie in plötzlicher Leidenschaft, die man bei der immer Ruhigen und Beherrschten kaum erwartet hätte.

Als sie den Raum verlassen hatte, lief Malecki ihr ins Vorzimmer nach.

«Fräulein Marta!» rief er.

Sie schlüpfte eilig in ihren Mantel.

«Bitte?» Sie sah ihn kühl an.

«Ich wollte...»

«Ich kann mir's denken!» unterbrach sie ihn. «Sie wollten mir sicher mitteilen, daß ich recht hatte.»

«Natürlich!»

Das Mädchen lächelte ironisch.

«Schade, daß Sie das nicht dort gesagt haben!» Sie wies auf das Zimmer.

Malecki wurde verlegen.

«Es scheint mir...» begann er sich zu rechtfertigen.

«...daß Sie Ihren Standpunkt angedeutet haben?» unterbrach sie ihn wieder. «Jawohl, Ihre Haltung haben Sie präzise angedeutet. So präzise, daß ich mich entbunden fühle, sie beim Namen zu nennen. Übrigens ist das im Augenblick nicht wichtig. Ich wäre Ihnen jedoch verpflichtet, wenn Sie dem Ingenieur Wolanski mitteilen wollten, daß ich mit heutigem Tag auf die Anstellung im Büro verzichte.»

Das hatte er am allerwenigsten erwartet. Fräulein Marta arbeitete erst einige Wochen hier. Er wußte, daß sie in schlechten Verhältnissen lebte und daß ihr an der nicht übel bezahlten Stellung sicherlich sehr gelegen sein mußte.

«Überlegen Sie sich's doch noch!» begann er in überredendem Tonfall.

«Ich habe mir's schon überlegt», antwortete sie mit Entschiedenheit.

Als eine Stunde später Wolanski im Büro erschien, erzählte Malecki ihm alles.

«Sie ließ sich einfach nicht überzeugen», schloß er. «Um nichts in der Welt!»

Wolanski – elegant, bereits in hellem Frühjahrsanzug, breitschultrig und mit geröteten Wangen – machte eine wegwerfende Gebärde.

«Dann soll sie zum Teufel gehen. Wir finden hundert andere für die Stelle. Keine Angst!»

«Du mußt aber zugeben: ein anständiges Mädel!»

«Ich gebe es zu», sagte der andere, und verzog das Gesicht, «aber hysterisch.»

«Dieser Zalewski...»

«Ein Lausbub!» stellte Wolanski kurz fest. «Aber unter uns gesagt, ein bißchen recht hat der Bursche. Ich, siehst du, bin kein Freund von solchen Methoden... bin überhaupt nicht für den Faschismus – aber was wahr ist, ist wahr! Hitler löst für uns das Judenproblem. Auf seine Art, barbarisch – aber radikal. Apropos Juden! Kennst du die Liliens?»

Malecki beugte sich über den Schreibtisch und begann die Pläne der Grundstücke zu mustern, die zum Verkauf angeboten worden waren.

«Ja», brummte er.

«Ich traf gestern Fräulein Lilien.»

«Gestern?» staunte Malecki unwillkürlich.

«Vielleicht vorgestern, ich erinnere mich nicht mehr. Aber sie war es bestimmt. Weißt du nicht, was mit ihr los ist?»

«Keine Ahnung», antwortete er.

Da im Büro tatsächlich nichts zu tun war, wollte Wolanski Jan zu einem kleinen Frühstück verleiten. Er liebte es, gut zu essen und zu trinken.

«Ich lade dich ein», erklärte er, als jener Ausflüchte gebrauchte.

Aber Malecki wollte nicht. Er entschuldigte sich mit Zeitmangel. Sie gingen also gemeinsam fort und verabschiedeten sich am Zbawicielaplatz. Wolanski hielt eine vorbeikommende Fahrrad-Rikscha an.

«Na, überlegst du es dir nicht?» wandte er sich nochmals an Malecki. «Nimm Platz, so ein schöner Tag ist wert, begossen zu werden; noch dazu der Gründonnerstag!»

«Ein anderes Mal», gab Malecki zurück.

Wolanski lachte.

«Für ein anderes Mal wird immer noch Zeit sein! Aber wie du willst.»

Er rief dem Rikschafahrer, einem bleichen Jungen, die Adresse eines Lokals in der Mazowieckastraße zu, das während des Krieges in Mode gekommen war. Der Junge nickte. Das schwere Dreirad in Bewegung setzend, lenkte er gebückt und angestrengt sein Fahrrad mit dem bequem hingelümmelten Mann vor sich in die Marszalkowska.

Drüben über dem Saskipark hing eine schwere, dunkel verquollene Rauchwolke. Manche Passanten hemmten auf den Gehsteigen den Schritt und blickten in jene Richtung.

Malecki überquerte die Straße und blieb bei der Haltestelle der Straßenbahn stehen. Er beschloß, die freie Zeit zu benützen, um auf den Mokotow zu Makowskis zu fahren.

Das Haus, in dem Makowskis wohnten, war mit einer der höchsten Nummern der Pulawskastraße bezeichnet und befand sich unter den entlegensten Gebäuden des Stadtteils Mokotow. Es war ein neuzeitlich-großer, genossenschaftlicher Häuserblock, und nur die Reihen der breiten Fenster belebten seine glatte, monotone Fassade.

Malecki hatte sich die Türnummer der Makowskis gemerkt, blieb jedoch im Hausflur stehen, um aus der Mietertafel zu entnehmen, in welches Treppenhaus er gehen solle. Sofort sah der Hausbesorger aus der Portierloge heraus.

«Wen brauchen Sie?» fragte er echt warschauerisch.

«Ich möchte zu Herrn Makowski», erklärte Malecki. «Welche Etage ist das?»

Der Hausbesorger, ein Mann um fünfzig, klein und mürrisch, betrachtete ihn aufmerksam.

«Dort ist niemand, auf Nummer siebzehn», brummte er.

«Sind die Herrschaften ausgegangen?» fragte Malecki enttäuscht.

Er entsann sich jedoch, daß bei Makowskis auch die Mutter wohnte, eine ältliche, kränkliche Dame, die wegen ihres starken Rheumatismus sehr selten ausging. Er fragte nach ihr.

Der Hausbesorger zuckte die Achseln.

«Ich sage Ihnen doch, daß niemand da ist.»

Und nach einer Weile erklärte er unwillig:

«Die Wohnung ist versiegelt. Es hat keinen Sinn, hinaufzugehen.»

Malecki gab es einen Ruck.

«Wieso denn?»

«So halt. Ganz einfach.»

«Was ist geschehen?» fragte er. «Und wann?»

«Noch gestern nacht», erwiderte ihm darauf der andere.

Malecki schwieg eine Weile. Alles deutete darauf hin, daß die Verhaftung der ganzen Familie Makowski in direktem Zusammenhang mit Irenas Abenteuer am Dienstag stand. Die Agenten schienen sich mit der kleinen Erpressung nicht begnügt zu haben und wollten sie offenbar wiederholen; als sie sich in ihren Hoffnungen getäuscht sahen, benützten sie die Gelegenheit, um sich auf einfache Weise gegenüber den Vorgesetzten in der Gestapo zu bewähren. Aber der Hauswart antwortete auf seine eingehenderen Fragen nur mit Achselzucken und vielsagenden, düsteren Blicken. Vielleicht hielt er ihn für einen Spitzel. Er traute ihm nicht. Das war nur allzu klar. Malecki mußte sich also mit dem begnügen, was er erfahren hatte. Schließlich trat er – von einem feindseligen Blick des Hausbesorgers bis zum Tor geleitet – mit einem Gefühl der Beschämung auf die Straße und wandte sich der von Rauchwolken eingesponnenen Stadt zu.

Etwa nach der Hälfte der Pulawskastraße geriet er in folgende Begebenheit:

In jenem Abschnitt war die Pulawska linksseitig mit alten Holzbaracken verbaut, die dem Verfall entgegengingen. In diesen düsteren Löchern hauste das Elend. Schmutz und Not waren hier erschreckend und um so greller, als sich auf der gegenüberliegenden Straßenseite saubere, helle, neuzeitliche Häuserblocks erhoben. Hinter jenen Katen dehnten sich ärmliche Grundstücke, vorwiegend Kartoffeläcker, aus, die noch grau und brach dalagen.

Plötzlich schlugen von dort her verworrene Schreie an Maleckis Ohr. Er blieb stehen. Auch einige andere Passanten hielten an.

Hinter einer kleinen, gekrümmten, zerlumpten Knabengestalt lief quer über die Kartoffelfelder eine Horde johlender Rangen.

«Ein Jud! Ein Jud!» hörte man die hohen Kinderstimmen.

Sie jagten in ganzem Rudel daher und schleuderten Steine und Erdklumpen nach dem Fliehenden. Der jedoch lief mit seinen letzten Kräften. Einen Augenblick lang schien er abbiegen zu wollen, doch auch von der anderen Seite kamen pfeifend und gröhlend Kinder: so stürzte er geradeaus, der Straße zu.

Klein und schwarz, in Lumpen, die seinen graugelben, verelendeten Körper sehen ließen, rannte er hinter der Holzbaracke hervor, direkt auf den Gehsteig und blieb, betäubt vom Straßenlärm, von der Straßenbahn, die gerade vorbeifuhr, von den Gruppen der unbeweglich verharrenden Menschen, eine Sekunde lang stehen. Das war sein Verhängnis.

Aus einer Entfernung von kaum mehr als vier bis fünf Metern kam ihm ein junger, hochgewachsener deutscher Soldat entgegen. Die verfolgenden Kinder hatten ihn anscheinend schon von ferne gesehen, denn sie stoben augenblicklich auf dem Feld auseinander. Einige von ihnen verbargen sich hinter den Hütten und lugten von dort hervor.

Der kleine Jude hingegen bemerkte den sich nähernden Soldaten erst im letzten Moment. Er fuhr zusammen und zog den Kopf zwischen die spitzen Schultern, versuchte jedoch nicht zu fliehen. Mit bewegungslosen, weit aufgerissenen Augen blickte er auf die breitschultrige Silhouette.

Er schrie auch nicht und versuchte sich nicht loszureißen, als der Soldat ihn beim Nacken packte und, seinen Kopf zurückbiegend, ihm nahe ins Gesicht sah. Er schaute ihn weiter mit den gleichen starren, nicht mehr sehenden Augen an.

«Jude?» fragte ruhig und ohne Zorn der Deutsche.

Der Kleine gab keine Antwort. Da griff jener, den Knaben immer noch beim Nacken festhaltend, mit der anderen Hand nach der Pistole und gab hintereinander zwei Schüsse ab.

Indessen war das Haus, in dem Maleckis wohnten, seit dem frühen Morgen von vorfestlicher Geschäftigkeit ergriffen.

Aus der Wohnung der Osipowicz im zweiten Stock klang lärmendes Mörserstoßen. Der Diener des Herrn Zamojski klopfte Teppiche und Kelims vor dem Haus, und die Piotrowska, in hoch über dem Knie geschürztem Rock, wusch Fenster und scheuerte die Fensterbretter. Wacek Piotrowski lief barfuß auf dem Hof umher und brüllte, einen Reisigzweig schwingend, unverständliche, phantastische Worte. Bald darauf erschien auch Stefcio Osipowicz. Einen Augenblick lang stand er in der Tür und beobachtete, sein Butterbrot kauend, aufmerksam den Gefährten. Plötzlich sprang er mit einem Satz die Stufen hinunter und begann auf die ihm eigentümliche Känguruhart um Wacek herumzuhüpfen. Eine Weile später kam sein Vater die Treppe heruntergelaufen: ein Dozent der Mathematik, blaß, mager und geistesabwesend. Von daheim durch den Lärm des Mörsers vertrieben, siedelte er sich mit Buch, Heft und Bleistift zwischen den Kiefern an. Kaum hatte er jedoch Platz genommen und sich an die Arbeit gemacht, als ihn das Schreien des jungen Piotrowski erreichte. Er legte sich also ein Taschentuch auf den Kopf, denn die Sonne stach recht stark, und lief in schnellem Trab den sandigen Feldern zu, die hinter dem Haus lagen.

«Wacek!» rief vom Fensterbrett die Piotrowska. «Wirst du das Maul halten? Willst du Prügel?»

Der Kleine duckte sich entsetzt. Bald jedoch faßte er

wieder Mut, und kaum hatte sich die Piotrowska, deren weiße, enorme Waden weithin leuchteten, über die Schüssel mit Seifenlauge gebeugt, als der Kleine auch schon aufsprang, durchdringend quiekte und, mit dem Zweig herumfuchtelnd, unter Geschrei auf die Straße lief. Stefcio Osipowicz folgte ihm in Galoppsprüngen.

Nun trat Piotrowski, noch verschlafen, mit weit klaffendem Hemd vor das Haus. Er dehnte sich träge in den Schultern und gähnte, während er mit der Handfläche über sein dichtes, zerzaustes Haar strich. Dann zog er die herabrutschende Hose hoch. Gleichzeitig schaute er zum Balkon der Maleckis empor. Dieser war leer, und dunkle Rouleaus verdeckten die Fenster.

Piotrowski räkelte sich nochmals und kam die Stufen herab.

«Hör mal, Alte!» blieb er vor dem Fenster stehen. «Gib eine Zigarette her.»

Die Piotrowska richtete sich auf.

«Alte! Hört ihn!» gab sie höhnisch zurück. «Hol sie dir selbst!»

Er zuckte die Achseln und gähnte. Dann sagte er träg:

«Na, bring schon, bring! Ich mag nicht nochmals in die Wohnung kriechen.»

«Was hast du denn sonst zu tun? Siehst du nicht, daß ich beschäftigt bin?»

«O Jesus!» knurrte Piotrowski. «So viel Geschwätz!»

Sie stieg schließlich vom Fensterbrett und kam nach einer Weile mit der Zigarette zurück.

«Da hast du, Strolch!» Sie reichte sie ihm durchs Fenster. «Du solltest mir lieber helfen, anstatt den ganzen Tag herumzulungern.»

Er lachte heiter und trat zu Wladek, der mit einer Bürste einen großen, huzulischen Teppich putzte.

«Haben Sie Feuer, Herr Wladek?»

Wladek nickte. Er legte die Bürste zur Seite und griff in seine gutsitzende Dienerweste nach dem Feuerzeug. Als er Piotrowski das Feuer gereicht hatte, begann er selbst zu rauchen. Die Zigaretten trug er in einer silbernen Dose.

Er maß allen Äußerlichkeiten große Bedeutung bei. Seine Hose war frisch gebügelt und sein helles Haar wie geleckt.

Piotrowski sog den Rauch ein und blickte wieder zum Balkon der Maleckis. Die Morgensonne beleuchtete mit vollem Schein die Fenster des ersten Stockwerks. Er lehnte sich an die Klopfstange. Auf diese Weise konnte er bequem das ganze Haus beobachten.

«Was gibt es Neues?» begann er.

«Die Feiertage», gab der andere lakonisch zurück, während er seine sorgfältig gepflegten Nägel betrachtete.

«Wird bei Ihnen ein Empfang sein?» interessierte sich Piotrowski und meinte natürlich Zamojski.

Wladek verstand, worum es ging.

«Woher denn!» Er zog eine leichte Grimasse. «Wir haben kein Geld.»

«Aber?»

«Die Mieter zahlen nicht.»

«Ich zahle regelmäßig», brachte Piotrowski in Erinnerung. «Sie können nicht sagen ...»

«Sie schon», gab Wladek zu, «aber so eine Karska zum Beispiel bleibt uns nun schon den vierten Monat schuldig, und Osipowicz den dritten.»

«Rausschmeißen!» riet Piotrowski sachlich.

«Ach, das sagt man so! Man muß sich in die Lage der Menschen versetzen. Wir können so etwas nicht.»

«Sehr lobenswert!» brummte Piotrowski, während er

von ungefähr seinen Blick über die Fenster des ersten Stockwerks schweifen ließ.

«Gewiß», gab Wladek im Ton ruhigen und bewußten Stolzes zurück.

Irena schlief in dieser Nacht sehr schlecht. Sie fuhr oftmals aus ihrem leichten Schlaf und wurde jedesmal auf eine quälende und unabweisbare Art völlig wach. Sie erhob sich jedoch nicht. Nur einmal bog sie die Verdunklung zur Seite und sah hinaus.

Im Hintergrund stand die Nacht in Flammen. Sie ließ rasch das Rouleau wieder fallen und lag mit geschlossenen Augen, umgeben von Stille und Dunkelheit, die keinen Schlaf brachten. In gewissen Zeitabständen hallte von ferne das Getöse von Schüssen. Stärkere Erschütterungen von Explosionen erfolgten. Erst in der frühen Morgendämmerung, als es draußen graute und das erste Schilpen der Spatzen anhob, schlief sie fester ein.

Sie erwachte inmitten der im verdunkelten Zimmer blinkenden Sonnenstrahlen, müde und zerschlagen, mit heftigen Kopfschmerzen. Ihr war, als sei sie von den Gedanken vergiftet, die sie in sich zu unterdrücken und in die Vergessenheit hinabzudrängen bestrebt war. Sie dachte auch nicht, und keine Erinnerung drang durch ihre Starre. Sie war wie gelähmt und betäubt und von einer Leblosigkeit, in der Angst und Leid und Hoffnung versanken. Längere Zeit lag sie in dieser quälenden Leere, und das einzige, was ihr Bewußtsein erreichte, waren die scharf durch die Stille schneidenden Geräusche des Hofes – Mörserstoßen, Teppichklopfen, Kinderschreien.

Sie hörte auch, daß Anna in der Wohnung herumhantierte. Es schien ihr sogar einen Augenblick lang, als käme die andere an die Tür und horchte. Sie rührte sich jedoch nicht, denn sie fürchtete, Anna könnte eintreten. Lieber stellte sie sich schlafend. Sie atmete erleichtert auf, als sie das Zuschlagen der Eingangstür vernahm. Eine Weile lauschte sie noch. In der Wohnung herrschte völlige Ruhe.

Als sie sich erhob und die Verdunklungsrouleaus in die Höhe zog, ergoß sich das Sonnenlicht mit grellem Glanz ins Zimmer. Im ersten Augenblick blendete sie diese Helligkeit. Sie beschattete mit der Hand die Augen, und da erst erblickte sie Anna, die mit einer Einkaufstasche langsam und schwerfällig die Straße überquerte.

Vor dem Haus bei der Klopfstange unterhielten sich zwei Männer. Einer von ihnen war derselbe, der sie gestern nachmittag auf dem Balkon erblickt hatte. Sie bemerkte auch sofort, daß Piotrowski, mit dem Rücken an die Klopfstange gelehnt, das Fenster beobachtete. Unwillkürlich wich sie zurück und stellte sich so hin, daß sie selbst den Hof übersehen, aber von dort aus nicht bemerkt werden konnte. Doch Piotrowski, die Hände in den Hosentaschen, blickte so hartnäckig zum Balkon hinauf, daß sie – nicht ganz sicher, ob er sie nicht dennoch sähe – tiefer in das Zimmer trat. Die Sache ließ ihr jedoch keine Ruhe, und als sie nach einer Weile das Geräusch des Teppichklopfens vernahm, schlich sie wieder zur Balkontür vor.

Zuerst erblickte sie Piotrowski nicht, nur Wladek, der gleichmäßig und mit Überlegung einen Teppich klopfte. Sie trat daher näher, aber sofort zog sie sich in einer Panik, die sie selbst überraschte, zurück.

Piotrowski lag im Gras ausgestreckt, dem Balkon gerade gegenüber, den er sichtlich im Auge behielt. Es ergriff sie plötzlich eine solche Unruhe, daß sie sich – das Waschen vergessend – eilig ankleidete. Als kurz darauf Anna heimkehrte, lief Irena ihr ins Vorzimmer entgegen.

«Gut, daß Sie zurück sind!» rief sie. «Ich muß mit Ihnen reden.»

Und ohne Anna zu Wort kommen zu lassen, begann sie, ihr verworren zu erklären, daß es für sie das beste sein würde, nicht länger in Bielany zu bleiben, sondern augenblicklich wegzufahren.

Anna erschrak. «Ist etwas geschehen?»

«Nein, nein», widersprach Irena. «Aber schauen Sie in den Hof.»

Anna gehorchte.

«Sehen Sie?» fragte die andere aus dem Hintergrund des Zimmers.

Wladek zog gerade den Teppich von der Klopfstange.

«Das ist der Diener unseres Hausherrn», sagte Anna, die immer noch nicht verstand.

«Und jener andere auf dem Rasen?»

«Es ist sonst niemand da.»

Irena trat näher. Wirklich, Piotrowski war fort: er mußte soeben weggegangen sein. Etwas ruhiger, erzählte sie nun alles. Frau Malecka beschwichtigte sie. Sie sprach mit solcher Überzeugung und so vernünftig, daß Irena sich leicht überreden ließ.

«Glauben Sie wirklich, daß das alles ungefährlich ist?»

«Aber gewiß!» versicherte Anna, obwohl sie selbst auch beunruhigt war. Irena atmete erleichtert auf.

«Wie gut! Denn ich war schon sicher, wieder fliehen zu müssen.»

«Denken Sie nicht daran», wiederholte Anna nochmals.

«Um die Wahrheit zu sagen», meinte Irena nachdenklich, «ich wüßte gar nicht, wohin ich mich wenden sollte. Ich habe niemanden.»

Während des verspäteten Frühstücks kam sie noch einmal auf das Thema zurück.

«Wissen Sie», wandte sie sich an die unweit sitzende, mit einer Näharbeit beschäftigte Anna, «manchmal weiß ich wirklich nicht mehr, wovor ich größere Angst habe: vor dem Tod oder vor der ewigen Unsicherheit.»

Anna, die an Julek dachte, gab nicht gleich eine Antwort. Erst nach einer Weile äußerte sie, über ein Babyjäckchen gebeugt: «Mir scheint, daß der Mensch nur dann dem Tod ohne Furcht gegenüberstehen kann, wenn er an irgendwelche Werte glaubt, die größer sind als er. An etwas, das über ihn hinausragt.»

Irena betrachtete sie aufmerksam.

«Sie denken an Gott?»

«Nein», sagte Anna aufrichtig. «Ich dachte jetzt nicht an Gott. Ich dachte nur an die Menschen.»

Da ihr bei der Näharbeit der Schnitt die größten Schwierigkeiten bereitete und ihr noch ein Stück Flanell für mindestens zwei Jäckchen übriggeblieben war, beschloß Anna, sich Frau Karskas Erfahrung zunutze zu machen. Sie wollte sie aufsuchen, mit der Bitte, ihr beim Zuschneiden zu helfen. So teilte sie Irena mit, daß sie sie für eine halbe Stunde allein lassen müsse, und begab sich hinauf.

Frau Karska selbst öffnete die Tür.

«Ich komme mit einer großen Bitte zu Ihnen», begann Anna.

Verwirrt durch das unerwartete Aussehen der Majorin, beendete sie jedoch den Satz nicht. Im Halbdunkel des Vorzimmers erschien ihr Frau Karska im ersten Augenblick wie eine völlig fremde, um mehrere Jahre gealterte Frau. Ihr dunkles Gesicht war eingefallen, und die schwarzen, jetzt überschatteten großen Augen glommen von verheimlichtem Schmerz. In der Annahme, daß Frau

Karska krank sei, wollte sie sich wegen der Belästigung entschuldigen, aber die andere umarmte sie herzlich.

«Gut, daß Sie gekommen sind! Bitte sehr.»

Als sie ins Zimmer gegangen waren, guckte aus dem benachbarten Raum Terenia. Frau Karska trat zu ihr.

«Geh spielen, Terenia!» Sie strich ihr über den Kopf. «Mama möchte jetzt mit der Dame plaudern.»

Die Kleine verzog wehmütig den Mund.

«Und Terenia?»

«Später, mein Liebes! Jetzt spiel einmal allein.»

«Ich spiele doch immer allein», erwiderte die Kleine.

Sie ging jedoch hinaus. Frau Karska stand eine Weile bei der Tür, endlich setzte sie sich Anna gegenüber. Im vollen Licht wirkte ihr Gesicht noch gequälter.

«Gut, daß Sie gekommen sind!» wiederholte sie, langsam überlegend. «Eben wollte ich zu Ihnen hinuntergehen, ich wollte...»

Sie neigte den Kopf und richtete erst nach einer Weile die Augen auf Anna.

«Bitte, sagen Sie mir», begann sie mit einem Anflug von Unsicherheit. «Sie werden es vielleicht wissen... Wo könnte ich den Bruder Ihres Gatten, Herrn Julek, sehen?»

Anna errötete leicht.

«Wissen Sie es nicht?»

Sie schüttelte den Kopf.

«Wird er nicht mehr zu Ihnen kommen?»

«Wohl kaum», antwortete sie leise.

«Ach so», flüsterte die Majorin gleichsam zu sich selbst.

Sie schwiegen.

«Wollte Wlodek denn Julek sehen?» fragte Anna.

«Nein», gab die andere zurück. «Wlodek ist seit gestern nicht heimgekehrt.»

Anna gab es einen Ruck.

«Wieso nicht heimgekehrt?»

Frau Karska erhob sich und entnahm der unweit auf dem Tisch liegenden Handtasche einen Zettel, den sie Anna wortlos reichte. Diese las ihn ein über das andere Mal. Plötzlich bückte sich die Majorin und ergriff ihre Hand.

«Ich flehe Sie an, wenn Sie irgend etwas über Herrn Julek wissen, sagen Sie es mir. Die beiden sind gewiß zusammen, ich weiß das. Ich werde mich in nichts widersetzen. Ich möchte nur wissen: wo ist mein Sohn? Wofür will er sein Leben lassen...? Nichts weiter...»

Auch Anna war sicher, daß Wlodek an der gleichen Aktion teilnahm wie Julek. Sie war jedoch unschlüssig, ob sie das Recht hätte, das Geheimnis zu verraten. Frau Karska schien dies zu spüren.

«Ich flehe Sie an!» Sie drückte ihre Hand noch fester.

So viel Leid und Pein lag in ihrer Stimme, daß Anna sich entschloß zu reden. Frau Karska hörte ihr ruhig und schweigend zu. Nur ihr Gesicht war noch grauer geworden, und ihre Augen waren in Schatten versunken.

«Nun», sagte sie, als Anna schwieg, «dann werde ich ihn nicht mehr wiedersehen.»

«Vielleicht sind sie nicht miteinander gegangen», murmelte Anna.

Frau Karska schüttelte den Kopf.

«Nein, nein, ich weiß, sie sind beisammen. Da läßt sich nichts machen!»

Sie erhob sich und preßte die kleinen, schmalen Hände gegen die Schläfen.

«Da läßt sich nichts machen!» wiederholte sie dumpf. «In Polen müssen die Mütter wissen, daß sie ihre Söhne, wenn sie sie zu anständigen Menschen erziehen, meist gleichzeitig auch für den Tod vorbereiten. – Aber warum hat er mir das nicht gesagt?» brach sie plötzlich schmerzerfüllt aus. «Ich hätte ihn doch nicht gehalten. – Wie hätte ich ihn denn halten können?!»

Nachmittags wurden aus der Richtung der Stadt immer häufiger sehr heftige Detonationen hörbar. Aus so bedeutender Entfernung war es schwer zu bestimmen, was diese Explosionen hervorrief: Brandbomben oder Dynamit. Jede schien indessen eine neue Feuersbrunst zu verursachen, denn einige Augenblicke nach ihrem Verhallen stieg über dem Getto eine schwarze, dichte Rauchsäule himmelan.

In der Küche der Piotrowskis wurde Kuchen gebacken, und es kochte ein Schinken. Der Geruch von Fleisch und Sauerkraut verbreitete sich im ganzen Treppenhaus. Die Piotrowska, rot und erhitzt, in Hemd und buntem Unterrock, machte sich in Küche und Zimmer gleichzeitig zu schaffen, denn die Augenblicke, in denen sie den Herd nicht beaufsichtigen mußte, benützte sie, um ihre Wohnung aufzuräumen. Sie wollte mit allem noch vor dem Abend fertig werden.

«O Jesus!» rief sie, als eine Explosion stärker als die vorigen die Erde erschütterte. «Die pfeffern aber hin!»

Sie trat ans Fenster, und plötzlich erregte eine Gruppe von Menschen, die sich auf dem Gehsteig, gleich an der Ecke beim Haus der Makarczynski, angesammelt hatte, ihre Aufmerksamkeit.

«Josef!» Sie warf einen Blick ins Nebenzimmer. «Schau einmal, was da los ist beim Makarczynski.»

«Wieso?» fragte er, ohne vom Bett aufzustehen.

«Schau doch, was für ein Haufen Menschen!»

Er erhob sich unwillig und sah hinaus.

«Gleich: ein Haufen! Ein paar Leute!»

«Wieso ein paar?» entrüstete sie sich. «Zähl doch! Sechs, sieben – schau, sogar der Wladek vom Zamojski...»

Tatsächlich stand Wladek bei den anderen. Aber Piotrowski war nicht davon beeindruckt.

«Na – und?» murmelte er, die Achseln zuckend.

«Himmel!» rief sie nervös. «Siehst du denn nicht, daß etwas los sein muß? Geh, erkundige dich!»

«Geh doch selbst!» Er dehnte sich träge.

«Herrgott, du siehst doch, daß ich nicht angezogen bin! Da redet man zu ihm, wie zu einem Menschen...»

Das erregte Gestikulieren der angesammelten Menge begann endlich auch Piotrowski zu interessieren. Er zog den Rock an, setzte den Hut auf und ging. Beim Überqueren des Hofes blickte er zum Balkon der Maleckis hinauf.

Inzwischen lief die Piotrowska in die Küche, um das Sauerkraut umzurühren. Sie vergewisserte sich, daß das Milchbrot sich gut bräunte, und kehrte gleich ins Zimmer zurück. Piotrowski hatte sich bereits der Gruppe angeschlossen.

Er kam nach etwa zehn Minuten wieder heim.

«Na... und?» empfing sie ihn an der Tür. «Warum bist du denn so lange ausgeblieben, was ist los?»

«Was weiß ich!» Er warf den Hut aufs Bett. «Die Leute reden halt...»

«Was heißt: reden halt? Was reden sie denn?»

«Ach, daß die Gestapo in der Lisowskastraße vorgefahren ist...»

«Was du nicht sagst!» erschrak sie. «Was denn? Jetzt? Haben sie wen mitgenommen?»

«Irgendwelche Juden angeblich», gab er gleichgültig zurück.

Die Piotrowska wurde rot und sagte im ersten Augenblick kein Wort. Die Nachricht hatte sie völlig mundtot gemacht. Erst nach einer Weile kam sie zu sich.

«Josef!» rief sie energisch. «Paß auf den Kuchen auf, ich komme gleich wieder!»

Sie öffnete den Schrank, nahm ein Kleid heraus und begann sich eilig anzuziehen. Piotrowski schnitt eine Grimasse.

«Wohin rennst du?»

«Zum Zamojski!» sagte sie kurz, während sie einen Strumpf anzog.

Er zuckte die Achseln.

«Wozu denn schon wieder?»

«Wieso: wozu?» Sie richtete sich hochrot und verschwitzt auf. «Siehst du denn nicht, was geschieht? Soll ich mit verschränkten Armen warten, bis wir alle fertiggemacht werden wegen so einer Saujüdin? Das fehlte noch! Ich werde nicht zur Gestapo rennen, ich will niemandes Blut auf dem Gewissen haben. Aber irgendein anderer wird schon rennen!»

Schon angekleidet, lief sie in die Küche und schaute in die Backröhre. Der Kuchen bräunte sich nach Wunsch. Sie rührte das Sauerkraut um und kam nochmals ins Zimmer zurück. Sie glättete ihr Haar, legte Puder auf das erhitzte Gesicht, ergriff die Handtasche und ging.

«Josef!» erinnerte sie noch in der Tür. «Wenn ich in einer Viertelstunde nicht da bin, dann nimm das Milchbrot aus der Röhre und rühr das Kraut um. Vergiß nicht!»

«Was nicht noch!» murrte er.

Er zog den Rock aus, legte sich aufs Bett und stützte die Beine gegen das hohe Metallgestell. Er liebte es sehr, in dieser Stellung zu liegen.

Inzwischen war die Piotrowska, nachdem sie Wladek

energisch davon überzeugt hatte, daß sie in einer sehr wichtigen und dringlichen Angelegenheit den Ministerialrat sofort sprechen müsse, in Zamojskis Arbeitszimmer eingedrungen. Dies war ein weiter, mit einem großen Teppich ausgelegter Raum, mit einem gewichtigen Schreibtisch in der Mitte und massiven Bücherschränken. An den Wänden dunkelten in reich vergoldeten Rahmen altväterliche Porträts. Die Vorhänge an den Fenstern und die tiefen Klubfauteuils schufen eine Atmosphäre von behaglicher Ruhe.

Zamojski las gerade den «Pan Tadeusz», und die unerwartete Visite kam ihm sehr ungelegen. Er wußte aus Erfahrung, daß Besuche der Mieter für den Hausherrn niemals etwas Gutes bedeuten. Aber seine Erziehung befahl ihm, sich sofort zu erheben und sein Kaninchengesicht zu einem freundlichen Lächeln zu verziehen. Nur die große Nase des Ministerialrates verriet Unzufriedenheit.

Die Piotrowska versank in einem Fauteuil und ging, nachdem sie ihr verschwitztes Gesicht mit dem Taschentuch getrocknet hatte, sofort zur Sache über.

«Sie kennen mich, Herr Ministerialrat», begann sie, «daß ich ein anständiger Mensch bin und daß man heutzutage jemanden, der so regelmäßig zahlt, mit der Laterne suchen muß ...»

Zamojski verneigte sich höflich. Die Piotrowska schöpfte tief Atem und griff wieder nach dem Taschentuch.

«Eben!» bestätigte sie ihre frühere Behauptung. «Ich habe also das Recht, festzustellen, daß in diesem Hause üble Dinge vorgehen.»

Zamojskis Nase wurde unmerklich länger.

«Jawohl, Herr Ministerialrat, ich weiß, was ich sage. Ich rede nicht in den Wind. Kann man es denn in der heutigen Zeit dulden, daß der Leichtsinn der einen das Leben der anderen gefährdet? Darf man so etwas tun, so – mit Verlaub zu sagen – unsozial handeln?»

«Aber...» warf Zamojski ein.

«Jawohl», griff ihn die Piotrowska an. «Was würden der Herr Ministerialrat dazu sagen, bitte sehr, wenn Sie zum Beispiel wüßten, daß man in Ihrem Hause, unter Ihrem Dach, Herr Ministerialrat – mit Respekt zu sagen – Juden versteckt?»

Zamojski fuhr zusammen, und seine Nase verlängerte sich noch deutlicher.

«Ich weiß nichts davon», beteuerte er mit etwas schwacher Stimme.

«Aber ich weiß es!» rief die Piotrowska aus und fächelte sich mit dem Taschentuch. «Und die Maleckis wissen es auch.»

Zamojski erholte sich von dem ersten unangenehmen Eindruck.

«Moment... bitte sehr!» Er nahm einen sachlichen Ton an. «Wenn ich Sie recht verstehe, wollen Sie sagen, daß bei Maleckis Leute wohnen...»

«Keine Leute, sondern eine Saujüdin!» machte sie allen Zweifeln ein Ende.

Zamojski rieb sich mit dem Handrücken die Nase.

«Moment... Moment! Aber woher wissen Sie, daß jene Dame...»

«Ich habe ja Augen im Kopf!» empörte sie sich. «Ich kenne mich aus, bitte schön, Herr Ministerialrat. Ich brauche nur einmal hinzusehen...»

Da es ihr in dem weichen, ledernen Fauteuil sehr warm wurde, rückte sie bis an seinen Rand vor.

«Ich, Herr Ministerialrat, ich bin eine Polin!» Sie rieb die verschwitzte Stirn. «Ich werde nicht zu den Deutschen gehen mit dieser Angelegenheit, da können der Herr Ministerialrat unbesorgt sein!»

«Aber, ich bitte Sie!» Zamojski breitete die Arme aus, als wolle er mit dieser Geste deutlich bekräftigen, wie fern ihm solch eine Vermutung läge.

«Eben. Aber wir können hier nicht wie auf einem Vulkan leben. Sind nicht genug Kinder hier, bitte sehr?»

«Ja, ja», unterbrach sie Zamojski. «Ich werde mit Maleckis darüber sprechen. Das muß aufgeklärt werden. Vielleicht obwaltet da ein Mißverständnis.»

«Da gibt es kein Mißverständnis, Herr Ministerialrat», gab sie gekränkt zurück. «Ich bin ein verantwortungsbewußter Mensch.»

«Selbstverständlich, selbstverständlich», er beschwichtigte sie eilig. «Weiß außer Ihnen noch jemand davon?»

«Das kann ich Ihnen nicht sagen», zuckte sie die Achseln. «Das ist nicht meine Sache. Ich habe es niemandem erzählt. Aber Sie wissen, wie die Menschen nun schon sind: die hören sogar das Gras wachsen.»

«Natürlich, natürlich!» gab er zu. «Ich werde alles aufklären.»

Er geleitete sie bis auf die Diele und verabschiedete sich in Wladeks Gegenwart mit so ausgesuchter Höflichkeit von ihr, daß sie beruhigt und zufriedengestellt heimging. Kaum hatte sie jedoch die Schwelle ihrer Wohnung überschritten, als ihr der verdächtige Geruch von etwas Angebranntem entgegenschlug. Von üblen Ahnungen erfaßt, stürzte sie in die Küche. Ein lustiges Feuer prasselte unter der Herdplatte. Aus dem Krauttopf quoll ihr Brandgeruch entgegen. Sie schaute in die Backröhre und schlug die Hände zusammen, als sie die traurigen, schwarzen Striezel erblickte. Über ihren Schmerz bekam jedoch bald der Zorn die Oberhand.

Mit Volldampf brach sie ins Zimmer ein. Der Anblick des sorglos auf dem Bett lümmelnden Mannes entfesselte allen Zorn in ihr.

«Du Nichtsnutz!» brüllte sie. «Hab ich dir nicht gesagt, du Lump, daß du auf den Kuchen achtgeben sollst? Was wird jetzt sein? Einen Dreck wirst du fressen!»

Ehe sie jedoch ihre ganze Wut entladen konnte, schnellte Piotrowski plötzlich vom Bett auf und sprang auf sie zu. Er packte sie bei den Händen und drückte sie an die Wand.

«Du tust mir weh!» wimmerte sie erschrocken. «Was hast du, Josef?»

«Geschieht dir schon recht!» Er preßte noch fester ihre Handgelenke. «Wirst du, Luder, dich in fremde Angelegenheiten einmischen?»

«Es ist mir doch nur um dich zu tun, Josef!» versuchte sie sich zu verteidigen. «Nur um dich hab ich Angst!»

«Wirst du?» wiederholte er.

Vor Schmerz und Demütigung traten ihr die Tränen in die Augen. Aber gleichzeitig überkam sie ein Gefühl von Schwäche und Ohnmacht. Sie war wehrlos gegen diesen Menschen. Seit fünf Jahren überwältigte er sie Tag für Tag zu ihrem Glück und Unglück mit seinem Körper, seinem Atem, seiner Stimme.

«Wirst du?» fragte er nochmals.

Sie schüttelte den Kopf.

«Also nicht?»

«Nein», murmelte sie.

«Dann merk dir das!» sagte er durch die Zähne.

Er stieß sie so heftig von sich, daß sie über die Türschwelle stolperte, an einen Sessel stieß und fiel. Piotrowski zuckte die Achseln. Dann schlug er mit verächtlichem Fußtritt die Tür zu.

Nach einer Weile erhob sie sich und begann, ihre Tränen schluckend, langsam die angeschwollenen Handgelenke zu reiben. Plötzlich bemerkte sie, daß sie beim Fallen ihren Strumpf, ganz vorne an der sichtbarsten Stelle, zerrissen hatte. Es handelte sich um reinseidene französische Strümpfe, vor kaum einer Woche am Kercelak für teures, schwer im Schleichhandel verdientes Geld gekauft. Jetzt begann sie erst recht zu weinen. Und unter stürzenden Tränen voll Schmerz und Wut, schrie sie laut:

«Krepieren soll diese jüdische Schlampe, diese verfluchte Saujüdin! Da plagt sich der Mensch und schindet sich, und wegen so einer...! Es gibt wohl keinen Herrgott auf der Welt!»

In dem Bedürfnis, seine Nerven etwas zu entspannen, kehrte Malecki zu Fuß heim. Er mußte die ganze Stadt durchqueren und einen Weg von vielen Kilometern zurücklegen, aber weder Bewegung noch Müdigkeit konnten ihm die quälenden Gedanken verscheuchen.

Warschau dröhnte ringsum von Verkehr und Stimmengewirr. Der Frühlingstag ging seinem Ende entgegen, aber die Geschäfte und Kaufhäuser waren noch geöffnet. In der reichen, kriegsbedingten Buntscheckigkeit der Schaufenster und in den Menschenmassen, die die Gehsteige bevölkerten, fühlte man den lebhaften Pulsschlag der herannahenden Feiertage. Auch eine Menge Straßenverkäufer waren ausgeschwärmt, die lärmend ihre Ware anpriesen. Die Luft roch nach Frühling, und auch der Himmel wäre frühlingshaft gewesen, wenn nicht sein helles und zartes Blau von grauen Rauchschwaden verdunkelt worden wäre. Über dem Getto erhob sich wie ein ungeheuerlicher Riese die schwarze, fast regungslose Brandwolke. Der

Lärm der hartnäckigen Schießerei hallte in vielfachem Echo zwischen den Häusern, und Explosionen erschütterten ein um das andere Mal die Erde.

Am Zoliborz angelangt, verspürte Malecki so große Müdigkeit, daß er sich entschloß, in die Straßenbahn einzusteigen. Trotzdem kehrte er wesentlich später heim, als er am Morgen angekündigt hatte.

Irena schaute ins Vorzimmer heraus, als sie ihn endlich kommen hörte. Sofort bemerkte sie, daß er ihren Koffer nicht mitgebracht hatte.

«Ach... Du hast meine Sachen nicht mit?» sagte sie enttäuscht.

«Leider», gab er widerwillig zu.

«Warst du denn nicht bei Makowskis?» erkundigte sich Anna.

Irritiert durch die Fragen, antwortete er ausweichend, und mit der Entschuldigung, daß er sich waschen müsse, verschwand er im Badezimmer. Er verweilte dort viel länger, als dies seine Toilette verlangt hätte. Er wusch sein Gesicht, was er sonst tagsüber nicht tat; langsam scheuerte er seine Hände, sogar die Nägel schnitt er sich, die ihm plötzlich zu lang erschienen. Endlich, als er fühlte, daß er seine Abwesenheit über das Maß des Anstandes verlängerte, kämmte er das Haar und kam heraus.

Beide Frauen saßen im Arbeitszimmer. Irena betrachtete ein Breughel-Album und sah Jan nicht an, als er eintrat. Den prüfenden Blick seiner Frau meidend, setzte er sich abseits.

«Also, ich war am Mokotow», begann er.

Irena neigte sich über eine der Reproduktionen.

«Und?» fragte sie gleichgültig.

Einen Augenblick suchte er nach geeigneten Worten.

«Hast du sie nicht angetroffen?» fragte Anna.

«Nein.»

«Das ist aber schade!» bedauerte sie. «Da wirst du morgen nochmals hinfahren müssen!»

«Das wäre zwecklos», gab er zurück. «Makowskis sind verhaftet worden, die Wohnung ist versiegelt.»

«Wann hat man sie verhaftet?» fragte sie nach einer Weile im gleichen beiläufigen Ton.

«In der Nacht vom Dienstag auf Mittwoch.»

Irena saß regungslos über das Album geneigt.

«Das ist schnell gegangen!» In ihrer Stimme klang ein Anflug von Ironie mit. «Alle?»

«Alle.»

Zwei ferne Detonationen erschütterten die Stille. Sie waren so stark, daß die Scheiben klirrten.

«Hattest du dort viele Sachen?» fragte Jan.

Sie zuckte die Achseln.

«Ach, Unsinn! Was sind schon Sachen!»

Jan beeilte sich, zu erklären, daß es ihm nicht darum gegangen sei. Er wollte nur erfahren, ob sich unter Irenas persönlichen Dingen keine kompromittierenden Kleinigkeiten befänden.

«Wohl kaum», überlegte sie. «Es war eine Fotografie des Vaters, einige Bilder der Mutter...»

«Und Briefe?»

«Nein.» Sie sah ihn an. «Ich habe gar keine Briefe aufgehoben, sei ohne Sorge.»

Er ließ diese Bemerkung unbeachtet.

«Kennen die zwei Männer, die bei dir waren, deinen jetzigen Namen?»

«Natürlich! Was hast du denn geglaubt?»

«Eben, das macht alles viel komplizierter. Wenn die gleichen Männer zur Verhaftung der Makowskis beigetragen haben...»

«Sie müssen unbedingt neue Ausweispapiere haben», warf Anna ein.

Irena sah den altertümlichen Ring an, den sie an der Hand trug.

«Ich kann nur noch das verkaufen: das ist alles. Aber was werde ich dafür bekommen? Groschen!»

Im Zimmer herrschte betretenes Schweigen. Endlich zwang sich Jan, der den Blick seiner Frau auf sich ruhen fühlte, zu einer Äußerung.

«Es geht nicht darum. Nur ist das jetzt keine leichte Sache...»

Anna kam eine Möglichkeit in den Sinn.

«Du erwähntest einige Male», wandte sie sich an ihren Mann, «daß eure Stenotypistin – Fräulein Marta glaub ich – gute Verbindungen hat.»

«Ja», murmelte Jan.

«Vielleicht durch sie?»

«Sie arbeitet nicht mehr bei uns.»

«So?» verwunderte sie sich. «Warum? Du hast sie so gelobt...»

«Sie hat selbst gekündigt», gab er finster zurück. «Sie hat eine andere Stelle gefunden.»

«Und dein Bruder?» fragte Irena.

Jan blickte seine Frau an.

«Ja, richtig. Aber wo steckt er? Was ist mit ihm eigentlich geschehen? Ist er wieder fortgefahren?»

«Ich glaube.» Anna errötete leicht.

Er bemerkte es jedoch nicht.

«Schade!» stellte er fest. «Wenigstens einmal wäre er von Nutzen gewesen. Obwohl es mit diesen seinen Verbindungen wohl nicht sehr weit her ist. Jedenfalls fällt er aus. Wer kommt denn sonst noch in Frage?»

Plötzlich fiel es ihm ein: «Und Fela Ptaszycka? Siehst du

sie noch?» fragte er Irena. «Was ist mit ihr? Ich habe sie schon sehr lange nicht gesehen.»

«Ich auch nicht.»

«Vielleicht könnte sie uns behilflich sein. Früher...»

«Ich bezweifle es», unterbrach ihn Irena.

«Meinst du nicht? Für dich...?»

Sie zuckte die Achseln.

«Die Menschen ändern sich.»

«Fela?» staunte er. «Was du nicht sagst! In welchem Sinn sollte sie sich geändert haben?»

«In einem sehr grundsätzlichen», lächelte sie bitter. «Ein ONR-Mann* treibt sich bei ihr herum, in den sie bis zur Bewußtlosigkeit verliebt ist. Den Rest sage dir selbst.»

«Unmöglich! Fela Ptaszycka?»

«Jawohl, Fela.»

«Und da ist sie jetzt Antisemitin? Das ist doch kaum zu glauben.»

«Und dennoch ist es so.»

«Unmöglich!» wiederholte er.

Irena wendete mechanisch einige Seiten des Breughel-Albums um.

«Ich habe sie allerdings fast ein halbes Jahr nicht gesehen. Vielleicht ist ihr's inzwischen vergangen.»

«Ich denke auch», überlegte Jan. «Weißt du, ich werde es doch versuchen und zu ihr fahren.»

«Ja, versuche es», willigte sie gleichgültig ein.

* ONR: National-radikale Bewegung, eine faschistische Partei im früheren Polen.

Gegen Ende des Abendessens, dessen Stimmung sich nicht wesentlich von der des vorausgegangenen Tages unterschied, klingelte Wladek bei Malecki. Er war frisch gewaschen, rosig, glatt gekämmt. In die Diele tretend, verspürte Malecki sofort den Duft eines guten Lavendelwassers.

«Der Herr Ministerialrat läßt den Herrn Ingenieur bitten», Wladek verneigte sich tief, «der Herr Ingenieur möge – wenn er einen Augenblick Zeit hat – zum Herrn Ministerialrat herüberschauen.»

«Gut», antwortete Malecki. «Ich werde in einer Viertelstunde kommen.»

«Danke sehr», lächelte Wladek. «Der Herr Ministerialrat wird den Herrn Ingenieur erwarten.»

Malecki kehrte nachdenklich wieder ins Zimmer zurück.

«Zamojski will mich sehen», erklärte er, sich zu Tisch setzend.

Nach einer Weile begann er laut zu überlegen:

«Ich wüßte gern, was er für ein Anliegen an mich hat.»

Gleich nach dem Abendessen klingelte er gegenüber. Der Ex-Ministerialrat saß in seinem Studierzimmer. Das Buch, das er gerade gelesen hatte, noch in der Hand, kam er hinter seinem riesigen Schreibtisch hervor.

«Bitte sehr, Herr Ingenieur.» Er wies Malecki höflich einen Fauteuil an. «Verzeihen Sie, daß ich Sie bemüht habe, aber ich fühle mich nicht ganz wohl.»

Er trug einen dunklen Hausrock und hatte Pantoffeln an den Füßen. Er sah tatsächlich nicht gut aus. Malecki gegenüber Platz nehmend, legte er das Buch auf ein kleines Abstelltischchen.

«Ich rufe mir ‹Pan Tadeusz› ins Gedächtnis zurück», erklärte er. «Das entrückt einen so der Gegenwart...»

Malecki kannte die Geschwätzigkeit seines Hausherrn und zog vor, es zu keinen weiteren Vertraulichkeiten kommen zu lassen.

«Ich höre», wandte er sich offiziell an ihn. «Womit kann ich Ihnen dienen?»

Dieser Mangel an Umschweifen machte Zamojski kopfscheu. Er hatte im voraus einen längeren Diskurs über den Zauber des Mickiewiczschen Epos vorbereitet, wollte dann später geschickt zu aktuellen Fragen übergehen und erst in Verbindung mit diesen – in einer Atmosphäre intellektueller Vertraulichkeit – die eigentliche heikle Angelegenheit berühren. Malecki hatte ihm seinen Plan übel zugerichtet, und so fühlte sich Zamojski im ersten Augenblick außerstande, das Gespräch durchzuführen.

Malecki erriet, worum es ihm ging, beabsichtigte jedoch seinerseits nicht, ihm entgegenzukommen. Es durchfuhr ihn nur ein plötzlicher Zorn gegen Irena. Er war sicher, daß sie wieder – alle Vorsicht vernachlässigend – auf den Balkon hinausgetreten sein mußte. Eine gute Weile schwiegen die beiden Männer. Zamojskis Nase wurde immer länger. Endlich hatte der Ministerialrat die zerstreuten Gedanken gesammelt.

«Ich wollte mit Ihnen über eine Sache sprechen, Herr Ingenieur», begann er, «natürlich ganz im Vertrauen. Die Angelegenheit ist vielleicht ein wenig drastisch...»

Er brach ab und suchte mit leicht geröteten Augen nach wohlwollender Hilfe bei Malecki.

«Ich höre.» Malecki machte keinerlei Gebrauch von seiner Liebenswürdigkeit.

Zamojski unterdrückte einen Seufzer. Es blieb ihm keine Wahl, er mußte sich überwinden.

«Bei Ihnen wohnt jetzt, wenn ich mich nicht irre, eine Dame... Verzeihen Sie, ich kenne ihren Namen nicht.»

«Frau Grabowska», erklärte Malecki ruhig. «Sie wird sich einige Tage bei uns aufhalten. Es geht Ihnen sicherlich um die polizeiliche Meldung?»

«Ja und nein», wich der andere geschickt der Falle aus. «Natürlich, die Meldung sowieso! Heutzutage – Sie verstehen, daß es nicht um mich geht.»

«Ich verstehe», gab Malecki versöhnlich zu.

«Nur...»

«Nur?»

«Verzeihen Sie», nahm sich Zamojski zusammen, «aber ich habe einige Anhaltspunkte, um anzunehmen – mehr noch –, ich habe fast die Sicherheit», wiederholte er mit Nachdruck, «daß die Abstammung von Frau Grabowska... Sie müssen verzeihen...» kam er Maleckis Antwort zuvor, «aber ist das der wirkliche Name der Dame?» Gleichzeitig mit dieser unter höchstem Kraftaufwand vorgebrachten Frage wurde seine Nase noch länger, und die geröteten Augen irrten unstet auseinander, als wollte jedes für sich Malecki durchbohren. Jener antwortete nicht gleich – weniger überrascht durch die Frage selbst, die er erwartet hatte, als vielmehr durch das Aussehen des Ministerialrates. Im ersten Augenblick begriff er gar nicht, warum der Ausdruck von Zamojskis Gesicht ihm so neu erschien. Plötzlich verschlug ihm das Staunen den Atem: Es war ein jüdisches Gesicht. Unwillkürlich glitt sein Blick über die dunklen, feierlich von den Wänden blickenden Familienbilder, und plötzlich verging ihm die Lust, mit Zamojski ein falsches Spiel zu spielen.

«Herr Ministerialrat», neigte er sich wohlwollend zu ihm. «Nehmen wir an, daß ich auf Ihre Frage eine verneinende Antwort geben müßte. Angenommen, daß Frau Grabowska anders heißt, was soll ich also – Ihrer Meinung nach – tun?»

Zamojski wich in Panik in seinen Fauteuil zurück.

«Ich will von gar nichts wissen!»

Malecki fühlte sich im Vorteil.

«Verzeihen Sie, aber Sie selbst haben erwähnt, daß unser Gespräch in voller Vertraulichkeit geführt werden soll. Ist es nicht so? Darum glaubte ich mich zu der Frage berechtigt, was ich – Ihrer Auffassung nach – zu tun hätte.»

Zamojski schaute den Sprecher wehmütig an. In seinem Blick spürte man deutlich den Vorwurf, daß man ihn da in dunkle und fremde Angelegenheiten verwickle.

«Sie verzeihen», begann er endlich. «Wie kann ich das wissen? Ich beklage ja selbst zutiefst alles das, was geschieht. Aber hier, das ganze Haus, Sie verstehen... So viele Frauen... Kinder... Wenn etwas passieren sollte, eine Hausdurchsuchung oder, Gott behüte, eine Anzeige... Sie verstehen?»

«Ja», stimmte Jan loyal zu. «Also?»

Zamojski, zum drittenmal brutal in die Enge getrieben, hielt es nicht länger aus. Die Reste seiner Beherrschung gaben nach. Er verlor sich plötzlich völlig in seiner Angst, und mit beiden Händen seinen Kopf fassend, begann er zu stöhnen:

«Jesus Maria! Wofür denn das alles? Was wollen Sie denn von mir? Ich träume ohnehin jede Nacht von der Gestapo! Man hat ja die Nerven nicht mehr für das alles... Jesus Maria!»

Malecki wartete, bis der andere sich etwas beruhigt hatte. Und erst nach einer längeren Pause äußerte er mit teilnehmender Stimme:

«Ich verstehe Sie sehr gut, das können Sie mir glauben, Herr Ministerialrat. Aber hier geht es um ein Menschenleben.»

Zamojski schwieg; verfallen, gebeugt, saß er da.

«Ich weiß, ich weiß», murmelte er schließlich kopfnikkend. «Das Menschenleben muß geschont werden.»

Malecki ging unverzüglich zur nächsten Attacke über.

«Ich kann Ihnen übrigens versichern, daß Frau Grabowska hier nicht länger als einige Tage verweilen wird. Sie verstehen, daß dies angesichts des Zustandes, in dem sich meine Frau befindet, ohnehin auch in meinem Interesse liegt. Es handelt sich tatsächlich nur um einige Tage. Und jetzt noch eine indiskrete Frage, die Sie mir, bitte, verzeihen wollen, aber ich möchte nicht, daß zwischen uns etwas ungesagt bleibt. Auf welche Weise haben Sie erfahren, daß jemand bei uns wohnt? Haben Sie Frau Grabowska gesehen?» Zamojski schüttelte den Kopf.

«Also hat man Sie davon in Kenntnis gesetzt? Darf man wissen, wer? War es jemand aus unserem Haus?»

Der Ministerialrat zögerte.

«Die Piotrowska?» unterstellte Malecki.

Der andere bestätigte es durch sein Schweigen.

«Man wird sie also beruhigen müssen», entschied Malecki. «Ihr erklären, daß sie sich getäuscht habe, daß Frau Grabowskas Aussehen allerdings Verdacht erwecken könne... aber daß... und so weiter...»

Zamojski machte den Eindruck eines völlig Erschöpften. Er nickte zustimmend, ohne ein Wort zu äußern. Es blieb schließlich dabei, daß Malecki persönlich mit der Piotrowska reden und alles erklären würde. Er bot sich selbst dazu an, um Zamojski zu entlasten. Zwar bedauerte er im nächsten Augenblick schon diesen voreiligen Schritt, aber nun schickte es sich nicht mehr für ihn, sein Anerbieten zurückzuziehen. Übrigens war ja ohnehin alles viel leichter gegangen, als er erwartet hatte.

Beim Abschied versuchte er, Zamojski seine Anerkennung und Dankbarkeit auszudrücken:

ZEIT IST GELD

Eine Gedenkmünze für den starken Mann aus Warschau

Gute Könige waren selten in Polen, aber ...

...Johann III. Sobieski, König von 1674 bis 1696, wurde in ganz Europa bewundert, weil er mit einem zahlenmäßig unterlegenen Heer die Tataren zurückgeschlagen hatte.

Seinen größten Ruhm erwarb er indessen, als er 1683 Wien zu Hilfe kam und die belagernden Türken in der Schlacht vom Kahlenberg so entscheidend besiegte, daß diese nicht nur von der Stadt abzogen, sondern künftig keine Anstalten mehr machten, weiter in Europa vorzudringen. – Ein 1933 in Polen herausgegebenes 10-Złoty-Stück erinnert an die 250. Wiederkehr der Belagerung Wiens durch die Türken und zeigt auf der Kopfseite Johann Sobieski.

Ein wenig tröstlich ist es, daß Kriege gelegentlich auch etwas Gutes hervorgebracht haben: Die Wiener verdanken den Türkenkriegen ihre geliebten Kaffeehäuser. Wir denken mit dem Pfandbrief an den Siebenjährigen Krieg, nach dessen Ende die ersten Pfandbriefe den kriegsgeschädigten Landgütern in Schlesien zu den dringend benötigten Krediten verhalfen.

«Nicht jeder hätte an Ihrer Stelle so gehandelt!»

Der Ministerialrat wurde rot wie ein Jüngling. Sich plötzlich aufrichtend und mit Schamröte übergossen, äußerte er mit unerwarteter Kraft:

«Da muß ich protestieren, Herr Ingenieur! Jeder gutgesinnte Pole – wie der Dichter sagt – hätte an meiner Stelle so und nicht anders gehandelt.»

Sein schmächtiges, durch die große Nase überlastetes Gesicht schien in diesem Augenblick fast jenen an den Wänden dunkelnden Bildnissen zu gleichen.

Malecki fehlte jedoch die Kraft, um sogleich hinunterzugehen und mit der Piotrowska zu reden. Er beschloß, es auf morgen zu verschieben.

5

Und so war es denn Karfreitag geworden. Fünf Tage dauerte nun schon der Widerstand der Aufständischen. Immer tiefer fraßen sich die Brände ins Innere des Gettos ein. Inmitten von Feuer und Rauch klatschten ununterbrochen Schüsse, und trocken knatterten die Maschinenpistolen und MGs. Auch in der Stadt begannen nun Hetzjagden auf die Juden.

Von verschiedenen Punkten aus und zu verschiedenen Tageszeiten war es einzelnen Juden geglückt, über die Mauern zu entkommen, und jetzt wurde den Flüchtigen von verstärkten Patrouillen der deutschen Gendarmerie sowie der Gouvernementspolizei in den Straßen nachgespürt. Auch an den Mündungen der unterirdischen Kanäle hatte man Wachtposten aufgestellt, denn die Juden versuchten am häufigsten, auf diesem Weg ins Freie zu gelangen. Die so Ertappten wurden auf der Stelle erschlagen.

Den ganzen Tag hindurch gab es in den verschiedenen Stadtteilen Warschaus kurze Schießereien. Dabei kam es in den Straßen zu Panikszenen. Die Passanten versteckten sich in den Haustoren. Es kam vor, daß über den verödeten Platz oder die ausgestorbene Straße geduckt ein einsamer Mensch rannte. Die Gewehrsalven erreichten ihn bald. Er stürzte auf den Gehsteig. An den Liegenden fuhren die Gendarmen auf ihren Rädern heran, und Angehörige der ukrainischen Miliz liefen in ihren grünen Uniformen herbei. Wenn er noch lebte, gab man ihm den Rest. Nach einer Weile pulste der normale Verkehr wieder in den Straßen.

Vor den Kirchen stauten sich die Menschenmassen, die zu den «Heiligen Gräbern» zogen. Es war der prachtvollste Frühling, den man sich nur denken konnte.

Malecki war auch am Morgen nicht bei der Piotrowska eingetreten. Er machte sich die Annahme zunutze, daß sie um diese Tageszeit ausgegangen sein mochte, und verschob das unangenehme Gespräch auf den Nachmittag. Er fuhr dagegen auf die Saska Kempa zu Fela Ptaszycka.

Die Ptaszycka wohnte in der Villa ihrer Mutter, einer despotischen und völlig von Egoismus beherrschten Greisin, die die Witwe eines Gutsbesitzers aus der Ukraine war. Malecki entsann sich von früher her, aus den Zeiten, in denen er Fela noch häufig gesehen hatte, daß die Malerin sich öfters über unerfreuliche häusliche Zustände beklagt hatte. Sie liebte jedoch ihre herrschsüchtige Mutter und konnte sich aus Rücksicht auf diese niemals zu einem Umzug entschließen.

Die Villa der alten Ptaszycka stand am Weichselboulevard, etwas abseits, durch einen leeren Bauplatz von einer Reihe benachbarter Villen getrennt. Es umgab sie ein kleiner, aber dichter und in üppig wuchernden Kletten untergehender alter Garten. Nicht ohne Rührung drückte Malecki auf den Klingelknopf der Eingangstür. Seit mehr als einem Jahr hatte er Fela nicht gesehen. Aber da er sie von früher her kannte, vermochte er sich nicht mit dem Gedanken abzufinden, daß Irenas Bericht auf Wahrheit beruhen könnte. Er wartete recht lange auf das Öffnen der Tür.

Die Sonne überflutete mit vollem Glanz die hohen, hellen Stufen. Der aufblühende Flieder duftete, und die reine Luft war voll von fröhlichem Vogelgezwitscher. Jenseits des Boulevards, tief unten, floß die Weichsel, ebenfalls besonnt und gleichsam mit flüssigem, funkelndem Gold überzogen. Über ihr erhob sich Warschau. Bläulicher Dunst, aus dem die schlanken Kirchtürme hervorleuchteten, umhüllte die Häuser. Eine schwarze Brandwolke hing schwer und unbeweglich über der Stadt. Mitten auf der Weichsel schwamm ein kleines, rotes Paddelboot.

Malecki klingelte nochmals. Nach einer Weile vernahm er Schritte, die sich näherten. Die Ptaszycka öffnete. Er hatte den Eindruck, als erkenne sie ihn im ersten Augenblick nicht.

«Guten Tag, Fela!» Er schob sich aus der Sonne in den Schatten. «Erkennst du einen alten Freund nicht mehr?»

Sie war zuerst etwas verlegen, aber sogleich zeigte sie ihm ihre gewohnte, lärmende Herzlichkeit, die ebenso überquellend wie ihr massiver Körper war.

Mit energischer, fast männlicher Geste zog sie ihn in die Halle.

«Hast du dich endlich an mich erinnert?»

Sie war jedoch immer noch verlegen und sichtlich überrascht durch sein unvorhergesehenes Kommen.

«Vielleicht störe ich?» fragte er.

«Aber nein, nein!» widersprach sie eilig. «Warte nur ein wenig, ja?»

Sie blickte sich in der Halle nach einem Platz für ihren Gast um.

«Tritt hier ein!» Sie öffnete die Tür zu einem kleinen Salon. «Mach dir's bequem, ich komme gleich zurück. Ich muß nur noch eine Angelegenheit bei mir oben erledigen. Es wird nicht lange dauern...»

«Mach dir keine Umstände», lächelte er. «Ich werde warten.»

Jetzt erst, da er Fela bei vollem Licht betrachten konnte,

bemerkte er die große Veränderung, die mit ihr vorgegangen war, seit er sie zum letztenmal gesehen hatte. Sie schien während dieser wenigen Monate um Jahre gealtert; an den Schläfen war das Haar ergraut, und die Züge des immer schon zu großen Gesichtes – wiewohl mit Schminke und Rouge sorgfältig abgetönt – wirkten noch unregelmäßiger als früher. Von Gestalt an eine rüstige Riesin gemahnend, hatte sie das Gesicht einer häßlichen, ungünstig und vorzeitig alternden Frau. Sie war doch noch nicht vierzig!

«Also du wartest hier auf mich», wiederholte sie.

Schon in der Tür, blickte sie ihn herzlich an.

«Ich freue mich sehr, daß du gekommen bist!» posaunte sie, während sie vergeblich ihrer Stimme eine intimere Klangfarbe zu geben versuchte. «Du ahnst gar nicht, was für ein wichtiger Tag heute für mich ist!»

Malecki zögerte.

«Weißt du, wer bei uns ist?» entschloß er sich endlich zu sagen. «Irena Lilien.»

«Irena?» freute sich die Ptaszycka. «Was du nicht sagst! Also lebt sie?»

«Ja.»

Die Ptaszycka wurde nachdenklich.

«In letzter Zeit mußte ich so viel an sie denken! Ich hab ihr gegenüber solche Gewissensbisse! Aber nun muß ich gehen», erinnerte sie sich ihrer Angelegenheiten. «Wir werden noch über alles sprechen. Leb wohl bis dahin!»

Malecki war auf nicht mehr als einige Minuten des Wartens vorbereitet. Fela erschien jedoch auch nach einer Viertelstunde nicht. Ungeduldig begann er, in dem kleinen, mit Möbeln vollgepfropften Salon auf und ab zu schreiten. Die kurze Erledigung, von der Fela gesprochen hatte, dehnte sich offenbar zu einem langwierigen Gespräch aus. Einige Male hielt er bei der Tür an und lauschte, ob von oben keine Stimmen zu hören seien. Es herrschte jedoch Stille. Das Haus war wie ausgestorben.

Schließlich ward er des Anstoßens an die Möbel müde und blieb beim Fenster stehen. Der Blick ging auf das Gärtchen und die Weichsel. Gerade fuhr ein großes, grünes Auto mit steif dasitzenden deutschen Gendarmen, in Stahlhelmen und mit Maschinenpistolen bewaffnet, über den Asphalt des Boulevards. In den besonnten Fliedersträuchen wippte fröhlich zwitschernd ein kleines, graues Vögelchen. Eine Weile strahlte der Boulevard in weißer Leere, dann kamen ein Bursche und ein Mädchen vorbei, die sich an den Händen hielten. Beide hatten lichtes Haar und waren frühlingsmäßig gekleidet. Er trug eine Leinenhose und ein blaues Hemd, sie hatte ein gelbes Sommerkleid an.

Malecki stützte sich auf das Fensterbrett, und sein Blick irrte über das ausgedehnte Panorama der Weichsel und der Stadt. Da drang plötzlich vom oberen Stockwerk her das Geräusch zweier Schüsse, das sich fast wie Händeklatschen anhörte. Malecki fuhr zusammen. Vom ersten, heftigen Schrecken gelähmt, rührte er sich jedoch nicht von der Stelle. Angehaltenen Atems horchte er. Keinerlei Geräusch kam aus dem Innern des Hauses. Es herrschte so lautlose Ruhe, daß er einen Augenblick meinte, sich verhört zu haben. Oder waren die beiden Schüsse irgendwo auf dem Boulevard gefallen? Er beruhigte sich etwas, aber das Herz klopfte ihm noch bis an die Kehle, als er zur Tür trat. Er öffnete sie und sah in die Halle hinaus.

Plötzlich knallte oben eine Tür. Gleichzeitig hörte man eilige Männerschritte. Mindestens zwei Menschen kamen rasch die Treppe herunter. Ehe er sich in den Salon zurückziehen konnte, wurden die beiden im Halbstock sichtbar.

Sofort bemerkten sie ihn. Einen Augenblick blieben sie überrascht stehen, dann griffen sie fast gleichzeitig mit derselben charakteristischen Bewegung nach ihren in den Mänteln versteckten Waffen.

Beide waren jung, in Zivilkleidern, mit Mänteln und hohen Stiefeln. Im ersten Augenblick hielt sie Malecki für deutsche Agenten, und erst als die beiden in die Halle herabgestiegen waren, erkannte er in einem von ihnen – einem hochgewachsenen, blonden Menschen mit durchdringenden, tiefliegenden Augen – jenen Zalewski wieder, der ab und zu seine Firma aufgesucht hatte. Sofort brachte er dessen Anwesenheit mit Irenas gestrigem Bericht über die letzten Erlebnisse der Ptaszycka in Zusammenhang. Sie haben sie ermordet! dachte er flüchtig, gleichsam nur mit der äußersten Schicht seines Bewußtseins. Und er fühlte zuinnerst eisiges Entsetzen.

Auch Zalewski erkannte ihn. Eine dunkle Röte färbte ihm Gesicht und Stirn.

«Was machen Sie hier?»

Maleckis Blick glitt über sie hinweg. Jetzt erst bemerkte er, daß der zweite – ein finsterer, breitschultriger, dunkelhaariger Mensch – einen Revolver in der Hand hielt.

«Was habt ihr mit der Ptaszycka gemacht?» fragte er mit gepreßter Stimme.

Der Brünette sah Zalewski an. «Kennst du den?» Er wies mit einer Kopfbewegung auf Malecki.

Der andere nickte schweigend.

«Was ist das für einer? Kennt er dich auch?»

Zalewski neigte sich zu dem Gefährten und flüsterte ihm einige Worte ins Ohr. Dieser biß sich auf die Lippen und blickte gesenkten Kopfes auf Malecki.

«Warte...» begann Zalewski.

Jan war unwillkürlich gegen die Wand zurückgewichen.

Aber im gleichen Augenblick, da er mit dem Rücken die Mauer berührte, knackte der kurze Schuß. Malecki wankte, griff mit den Händen nach der Brust und hob sich auf die Zehenspitzen. Einen Augenblick lang verweilte er in dieser tänzerischen Pose aufgereckt. Dann plötzlich, eine halbe Wendung vollführend, fiel er auf den Rücken. Der neben ihm stehende Zalewski hatte kaum Zeit, zur Seite zu treten.

Es wurde so still, daß man durch die offene Salontür das Vogelgezwitscher draußen vernehmen konnte. Die Sonnenstrahlen liefen fast bis an die Schwelle der Halle. Hier rissen sie ab. Dafür war das Treppenhaus im Hintergrund von Streifen einfallenden Lichtes überflutet.

Der weite Mantel raschelte, als sich der Dunkelhaarige über den Hingestreckten neigte. Eine Weile betrachtete er ihn aufmerksam, dann machte er eine wegwerfende Handbewegung, richtete sich auf und wandte sich seinem Gefährten zu. Dieser stand sehr bleich, mit gesenktem Kopf da.

«Na?» Er stieß ihn an.

Zalewski regte sich nicht. Der andere verwahrte inzwischen seinen Revolver in der Manteltasche.

«Werde bloß nicht rührselig! Du brauchst dir darüber nicht den Kopf zu zerbrechen. Die Sache ist ganz einfach: wir mußten ihn beseitigen, denn er hätte uns leicht hineinlegen können. Schluß, das genügt.»

Er stieg über die Leiche hinweg, die an der Tür lag, in den Salon und näherte sich vorsichtig dem Fenster. Eine Weile blickte er auf den Boulevard hinaus.

«Es ist ruhig», erklärte er, zurück in die Halle tretend. «Wir können gehen.»

Dann schlug er sich mit der Handfläche gegen die Stirn.

«Schau, das Wichtigste hätten wir bald vergessen!»

Er kniete neben dem Ermordeten nieder, entnahm dessen Rock die Brieftasche und begann die Papiere genau durchzusehen.

«Was machst du da?» fragte ihn Zalewski.

«Die Papiere muß man ihm doch wegnehmen», gab jener zurück, indem er die Dokumente herauszog. «Sollen wir der Polizei die Arbeit erleichtern?»

Er steckte einige Zettel in seinen Mantel und schob die Brieftasche an ihren Platz zurück.

«Fertig!» Er blickte Zalewski an. «Was ist? Kannst du gehen?»

Der Bursche richtete sich auf.

«Natürlich.»

«Gott sei Dank! Ich dachte schon, du würdest sentimental!»

Zalewski verzog verächtlich das Gesicht.

«Ich? Da kennst du mich schlecht. Gehen wir!»

Schon bei der Eingangstür hielt der Brünette an.

«Höre mal, Zygmunt, du warst doch nicht etwa verliebt in die Fela?»

«Bist du verrückt?» zuckte Zalewski die Achseln. «In diese Schachtel? Sie war uns von Nutzen, das war alles.»

«Klar», gab der andere zu. «Aber sie wußte auch recht viel von uns.»

Zalewski biß sich auf die schmalen, verkniffenen Lippen.

«Die Idiotin!» murmelte er. «Was hat sie sich eingebildet? Dachte sie wirklich, daß wir ihr gestatten würden, abzuspringen?»

«Ich glaub schon! Aber schließlich war sie gar nicht einmal erschrocken, als sie den Revolver sah.»

«Meinst du?» überlegte Zalewski.

«Aber dem da, dem hat's sichtlich die Rede verschlagen.»

«Das glaub ich!» lächelte Zalewski. «Das war ein Feigling! Ich kannte ihn ja. So eine angefaulte Intelligenzlermentalität!»

«Ach so?» interessierte sich der andere. «Ein Liberaler?»

«So etwas Ähnliches.»

Der Brünette klopfte dem Kameraden auf die Schulter.

«Na, siehst du! Da haben wir ja zufällig eine gute Tat auf dem Gewissen, nicht?»

Sie begannen beide zu lachen und lachten noch eine Weile später fröhlich und sorglos, als sie bereits in raschem Schritt auf der sonnenüberglänzten Promenade gingen. Gerade trippelte ihnen eine grauhaarige, schmächtige Greisin entgegen, die sich auf ein dünnes Spazierstöckchen stützte. Sie trug eine altväterliche Mantille aus dunkelgrünem Samt; am Hals hatte sie ein vergilbtes Spitzenjabot und an den gichtknotigen, steifen Händen schwarze Halbhandschuhe. Sie blickte sie aus neugierigen, ausgeblichenen Augen, die einst blau gewesen sein mochten, an, und als sie einander auswichen, blieb sie stehen, wandte sich, gebückt und auf den Stock gestützt, ganz vom Sonnenlicht überflutet, um und schaute mit wohlwollendem Lächeln den sich entfernenden Jungen nach.

Am Vormittag verging Anna die Zeit recht friedlich. Bei alltäglichen, häuslichen Verrichtungen sprach sie lange mit Irena Lilien, und sie kamen überein, daß es nach der Beschaffung neuer Ausweispapiere das beste sein würde, wenn Irena aufs Land zöge. Jan hatte noch aus der Vorkriegszeit zahlreiche Bekannte in Gutsbesitzerkreisen; sie einigten sich also dahin, daß er nun diese heranziehen müßte, um Irena einen Aufenthalt auf einem möglichst sicheren Gutshof einzurichten. Sollte eine derartige Erledigung der Sache auf Schwierigkeiten stoßen oder sich aus diesem oder jenem Grund als undurchführbar erweisen, so blieb noch eine andere Lösung: die Unterbringung Irenas in Grotnica, in jenem alten Zisterzienserkloster, welches Jan seinerzeit zu restaurieren begonnen hatte. Dieser Vorschlag gefiel Irena besonders gut. Sie kannte zwar nicht im mindesten die Verhältnisse, die dort gegenwärtig herrschten, und auch Anna wußte nicht viel darüber zu sagen, aber beide malten sich aus, daß Grotnica – weit von der Eisenbahn entfernt, in einer schönen Vorgebirgslandschaft gelegen – mit seinen mittelalterlichen Klostermauern eine ideale Zufluchtsstätte sein müßte. Sogar die mit der Reise verbundenen Schwierigkeiten erschienen angesichts dieses fernen, unbekannten Ortes gering und leicht zu überwinden. Beide ergaben sich gleichermaßen, wenn auch aus verschiedenen Beweggründen, der Hoffnung, die das üble Schicksal abwenden sollte. Bei Anna geschah es aus Gutherzigkeit, bei Irena aus Ermüdung und Schwäche. Nur einen Augenblick lang, als Anna des Kriegsendes gedachte und des Lebens, das dann alle von neuem beginnen könnten, erlosch Irena und versank in Nachdenken. Jedoch schon nach einer Weile heiterte sie sich auf, und noch längere Zeit sprach sie von Grotnica. Anna war sicher, daß das Projekt Jan gefallen würde.

Erst gegen zwei Uhr begann es sie zu beunruhigen, daß Jan nicht nach Hause kam. Er hatte seine Rückkehr für ungefähr ein Uhr zum Mittagessen angesagt. Aber als es drei, dann vier Uhr vorbei war, verebbte ihre Unruhe. Sie nahm an, daß Jan irgendwelche unvorhergesehene Dinge dazwischengekommen waren und daß er im Zusammenhang mit deren Erledigung erst gegen Abend heimkehren würde. Und da sie die Karfreitagstradition nicht vernachlässigen wollte, beschloß sie, für kurze Zeit das Haus zu verlassen und allein zum «Heiligen Grab» in das nahe gelegene Kirchlein in Wawrzyszewo zu gehen. Es war noch nicht spät – erst knapp nach fünf Uhr – und sie rechnete damit, daß sie genug Zeit haben würde, noch vor Jans Heimkehr zurück zu sein.

Im Treppenhaus stieß sie auf Terenia Karska. In einem frischen, rosa Kleidchen, die geliebte Puppe in den Armen, hüpfte das Mädchen von Stufe zu Stufe und trällerte vor sich hin.

Anna streichelte ihr dunkles, seidiges Haar.

«Wo ist Mama, Terenia?»

«In die Stadt gefahren», erwiderte die Kleine.

Und ihr dünnes «La-la-la» singend, sprang sie eine Stufe abwärts.

«Gib acht, Terenia, daß du nicht fällst», warnte Anna. «Du könntest dir sehr weh tun.»

Sie schüttelte nur den Kopf und hüpfte abermals eine Stufe herab. Noch von unten hörte Anna ihr «La-la-la».

Der Nachmittag war schön, dunstig, fast sommerlich. Die Rauchwolke hing unverändert über Warschau, und da der Wind von dort her, aus südlicher Richtung wehte, hatte die durchglühte Luft auch hier eine leicht neblige Färbung.

Gerade kamen Menschen von der Straßenbahn. Sie blieb bei der Gartentür stehen, um festzustellen, ob sich unter ihnen nicht auch Jan befände. Die meisten der aus der Stadt Heimkehrenden waren Arbeiter aus Wawrzyszewo. Sie gingen eilig vorbei, einer hinter dem andern, müde und staubig, fast jeder mit einem Paket unter dem Arm. Manchen standen Schnapsflaschen aus den Rocktaschen heraus. Ganz am Ende schleppte sich leicht torkelnd ein abgehärmtes, schmächtiges Männchen in einem viel zu weiten Rock und einer Hose, die zu lang und wie eine Ziehharmonika gefältelt war. Er ging mit hängendem Kopf, murmelte etwas vor sich hin und fuchtelte mit den Armen. Eine Frau, ebenso verhärmt wie er, ein mageres Vogelgesicht mit dünnen Lippen, verstellte ihm bald von einer, bald von der anderen Seite den Weg. Sie drohte ihm dabei mit geballter Faust und keifte ununterbrochen. Der Betrunkene versuchte, sie wie eine zudringliche Fliege zu verscheuchen. Schließlich verschwanden sie um die Ecke. Jan war nicht da.

Gleich hinter dem Haus begegnete Anna den Piotrowskis mit Wacek und dem kleinen Osipowicz. Das Ehepaar war festlich gekleidet: er trug einen hellen Anzug, schöne braune Schuhe und einen Hut, den er unternehmend aus der niederen Stirn gerückt hatte; sie ein seidenes, grünes, sehr eng anliegendes Kleid, ebenfalls einen Hut und einen rosa Sonnenschirm, mit dem sie sorgfältig ihr gebräuntes Gesicht vor der Sonne schützte.

Wacek und Stefcio waren weit zurückgeblieben, weil sie Zeit brauchten, um niederzuknien und Löcher in den Sand zu graben. Wacek führte diese Arbeit bedeutend flinker aus als sein Kamerad. Wenn die Grube fertig war – und das war sie im Handumdrehen –, sprang er hinein, hockte sich nieder und begann, den Kopf zur Seite geneigt, zu gackern wie eine Henne, die ein Ei legt. Der junge Osipowicz versuchte eifrigst, es dem Gefährten gleichzutun, aber das Gackern wollte ihm nicht recht gelingen. Obwohl er rot wie eine Rübe wurde und seine blassen, kleinen Augen sich vor Anstrengung trübten, kam aus dem geblähten Kehlchen nur ein armseliges Piepsen.

Als sie an Frau Malecka vorbeigingen, wandte sich Piotrowski mit dem neugierigen Blick eines Warschauer Lausbuben ihr zu.

«Angenehmen Spaziergang!» rief er munter, während er flüchtig den Rand seines Panamahutes berührte.

Die Piotrowska sah sich steif aufgerichtet nach dem Sohn um.

«Wacek!» rief sie mit gezierter Stimme, den Mund unnatürlich gespitzt.

Wawrzyszewo begann gleich hinter den letzten Häusern der Bielany-Siedlung. Zuerst mußte man ein gutes Stück durch den Sand stapfen, der sich in trocken-welliger Fläche an Stelle eines Kiefernwäldchens ausdehnte, das während des Krieges abgeholzt worden war. Aber etwas weiter breiteten sich Wiesen, gelb von blühenden Dotterblumen. Der Roggen war während der letzten Tage rasch aufgeschossen, und seine jungen, für diese Jahreszeit üppigen Felder wogten in silbrigen Streifen. Auf der Wiese weideten Ziegen. Es gab viele weiße Zicklein darunter.

Der kürzeste Weg zur Kirche berührte das Dorf nicht. Die vorstädtische Arbeitersiedlung blieb mit ihren ziegelgemauerten Häuschen abseits liegen, und der Fußweg zog sich zwischen hohen, noch blattlosen Linden hin. Er lief an kleinen, flachen Tümpeln entlang und führte dann wieder ins Feld hinaus, zwischen Weideflächen und Roggenfeldern. Fast golden leuchteten die Dotterblumen auf den Wiesen, so durchsichtig war hier die Luft und so blau der Himmel. An dem Steilufer eines der Tümpel standen die Schlehdornbüsche in Blüte. Gleich flaumigen, unbeweglichen Wölkchen spiegelten sie sich sehr deutlich in dem grünlichen Wasser.

Etwas ermüdet ließ sich Frau Malecka einen Augenblick am Rand der Böschung nieder. Das Schlehdorngestrüpp lag dicht vor ihren Füßen. Wenn sie die Hand ausstreckte, konnte sie mühelos die zarten Blüten berühren. Manche fielen schon ab, und der grüne Hang war leicht mit weißen Blättchen überstäubt.

Die Detonationen in der Stadt hörte man bis hierher, und der Rauch der Brände erschien noch dämmriger und größer als von daheim aus. Ganz Warschau ertrank in einer riesenhaften schwarzen Wolke.

Hier, an diesem armseligen Wasser, war es jedoch so ruhig und heimlich, daß Anna das Bedürfnis verspürte, den kurzen Augenblick der Einsamkeit zu benützen, um die Ereignisse der letzten Tage zusammenzufassen, sie durchzudenken und zu ordnen. Niemals hatte sie es verstanden, in Hast zu leben, und sie fühlte sich immer erst dann in Einklang mit sich selbst und ihren Nächsten, wenn es ihr gelungen war, die allzu zahlreichen Eindrücke und Erlebnisse in den Zusammenhang ihres Daseins einzuordnen. Nichts ermüdete sie mehr als Zufälligkeit und chaotische Abwechslung. Bezeichnung und Bewertung waren ihr Bedürfnis. Jetzt aber – kaum daß sie begonnen hatte, diese Woche zu überdenken – erkannte sie, daß es ihr nicht gelingen würde, jene noch allzu frischen Erlebnisse endgültig in sich zu verarbeiten. Sie erhob sich bald und ging weiter.

Das Kirchlein von Wawrzyszewo stand einsam im Feld, inmitten von alten Linden und schlanken Pappeln, die an der Weichsel so häufig sind. Da kaum noch die ersten Knospen an den Bäumen zu grünen begannen, zeichnete sich seine weiße Barockfassade sehr deutlich gegen einen Hintergrund aus braunen Stämmen und graublauem Gezweig ab. Es war eine typische kleine Dorfkirche, alt und anheimelnd. Unweit davon, auf einem abgeholzten Hügel, erhoben sich zahlreiche Kreuze und Grabstätten – gleich am Wegrand, denn das eiserne Gitter des Friedhofs hatten die Deutschen während des Krieges entfernt. Wahrscheinlich machte der kleine Friedhof nur deshalb einen so traurigen Eindruck der Verlassenheit und Vernachlässigung. Hoch über ihm ragte ein einsames Holzkreuz. Dies war die gemeinsame Begräbnisstätte von Soldaten, die bei der Verteidigung Warschaus im September 1939 gefallen waren.

Bevor sie die Kirche betrat, wandte sich Anna dem Friedhof zu. Die kleinen Grabhügel der Soldaten, fast alle ohne Aufschrift und nur mit winzigen Birkenkreuzen bezeichnet, liefen in geraden Reihen, einförmig, unscheinbar, von frühlingszartem Rasen bedeckt. Ihre Zahl war sehr groß. Auf vielen lagen Blüten: bäuerliche Sträußchen aus Dotterblumen, hie und da Flieder- und Schlehdornzweige. Unter dem hohen Kreuz ruhte ein verrosteter Soldatenhelm, überkreuzt von zwei polnischen Papierfähnchen, die schon etwas zerfranst und verblichen waren. Es war hier sehr still. Ein schmächtiges altes Weiblein mit einem Kopftuch und ein kleines blondes Mädchen reinigten die schmalen sandigen Pfade zwischen den Gräbern. Im Umkreis war nicht ein Bäumchen zu sehen; sie alle waren während der schweren Kriegswinter von der Bevölkerung gefällt worden. Außer der alten Frau und dem Mädchen, die mit dem Säubern beschäftigt waren, gab es hier keinen Menschen. Die Sonne, die sich schon gegen Westen neigte, wärmte mild. Vorabendliche Ruhe herrschte. Unweit im jungen Gras zirpte eine Grille.

Anna kniete unter dem Kreuz nieder und begann wortlos, mit fast ungeformten Gedanken zu beten. Erst nach einer Weile wurde es ihr bewußt, daß sie für Julek betete. Sie barg ihr Gesicht in den Händen und kniete längere Zeit so, unbeweglich, mit gebeugten Schultern. Plötzlich zitterte sie und erblaßte leicht. Die Frucht, die sie in sich trug, hatte sich heftiger als bisher geregt. Das Herz begann ihr rasch zu klopfen. Die Bewegungen des Kindes waren so stark, daß sie deutlich die Stöße der Händchen und Füßchen zu spüren vermeinte. In diesem inneren Beben pulste eine unaussprechliche Süße, aber plötzlich drang Unruhe in dies In-sich-Hineinlauschen. Wie konnte es geschehen, daß sie, umringt von menschlichem Leiden, von Tod und Unrecht, in einer so unglückseligen und verzweifelten Welt, aller Vernichtung zum Trotz, ein neues Sein in sich trug, die Hoffnung auf Freude? Unter den Tausenden von Frauen, die Mütter werden sollten, empfand sie sich als einzige unverdient beschenkt. Aber gleichzeitig zitterte sie um ihr Glück und begann in dem Widerspruch ihrer Gefühle, hastig um ein gnädiges Schicksal zu beten.

Das Kirchlein war voll Menschen. Zwischen den weißen Wänden lag der milde Abglanz des Sonnenlichtes. Es roch nach frischem Grün und Weihrauch. Über dem Hauptaltar schwebten mit pathetischer Gebärde zwei stämmige Barockengel im Gold ihrer reichen Gewandung. Mitten im Kirchenschiff aber ruhte eine Christusfigur aus Gips vor einer Öldruckkulisse, die das Innere einer Grotte darstellte. Daneben knieten kleine Mädchen in weißen Kleidern. Die Burschen und Mädchen, die nur für einen Augenblick die Kirche betraten, blieben dann im Vorhof zurück. Sie standen dort in feiertägiger Kleidung, ungeschickt und steif, und betrachteten schweigend das Heilige Grab. Das Kirchenschiff selbst war dagegen voll von knienden Frauen und Männern. In den Bänken saßen einige greise Bettler aus der Umgebung und hochbetagte, gebeugte und verrunzelte Weiblein. Alle sangen sie die Improperien. Die einfachen, ungeschulten Stimmen – die rauhen der Männer und die weinerlich-schrillen der Weiber – klangen sehr falsch. Aber die eintönige Melodie milderte ein wenig die unangenehmsten Mißtöne. Wenn am Ende jeder Strophe der Gesang verstummte, drang von draußen das Zwitschern der Vögel herein. Auch hier waren die entfernten Detonationen zu hören.

Nach Hause zurückgekehrt, sank Frau Piotrowska so wie sie war, im Hut und mit dem rosa Sonnenschirm in der Hand, auf einen Stuhl.

«Uff!» ächzte sie. «So eine verfluchte Hitze!»

Die erst kürzlich gekauften und heute zum erstenmal getragenen Schuhe hatten sich als etwas zu eng erwiesen; auch waren die Absätze zu hoch. Sie atmete erleichtert auf, als sie sie von den geschwollenen Füßen zog.

«Uff!» ächzte sie wieder und begann, die schmerzenden Ballen und Zehen zu reiben.

Indessen hatte Piotrowski sich unbemerkt irgendwohin verflüchtigt. Er verriet sich jedoch bald durch das charakteristische Geräusch einer angestoßenen Flasche. Gleich begriff sie, daß er sich in der Küche an den Weichselschnaps herangemacht hatte, der für die Feiertage bestimmt war.

«Josef!» rief sie. «Schämst du dich nicht, am Karfreitag?»

Er gab keine Antwort. In der Küche herrschte lautlose Stille. Er säuft, der Strolch! dachte sie mit Bitterkeit. Nach einer Weile schob er sich ins Zimmer. Sie warf einen prüfenden Blick auf ihn.

«Hauch mich einmal an!»

Er lachte nur und begann, beim Spiegel stehend, sorgfältig sein schwarzes, pomadeglänzendes Haar zu glätten.

Die Piotrowska wischte sich mit dem Taschentuch den Schweiß vom Gesicht, wandte jedoch ihren Blick nicht von ihm.

«Gestehe, wieviel hast du gesoffen? Die halbe Flasche, was?»

«Aber wo!» Er zuckte die Achseln, während er seine Krawatte zurechtrückte. «Einen Tropfen bloß, für die Zungenspitze!»

«Ja, gerade!» meinte sie ungläubig. «Ich kenne dich! Du lieber Gott, was für ein Mensch!»

Er wandte sich um und griff sich – lausbübisch lächelnd – in die Seiten.

«Na? Hast vielleicht keinen feschen Mann? Geht's dir vielleicht schlecht?»

Er schien ihr in diesem Augenblick so anmutig, daß es ihr einen Stich gab.

«Aber», murrte sie unwirsch. «Was habe ich schon von dir?»

Er lachte gedehnt und sah sich nach seinem Hut um. Der lag auf dem Bett. Er nahm ihn, setzte ihn nachlässig auf und sah noch einmal in den Spiegel.

«Wohin trägt's dich wieder?» fragte sie beunruhigt.

«Zu einem Kameraden», gab er ausweichend zurück. «Hab ein Geschäft zu erledigen.»

Und er ging pfeifend fort.

Eine Weile saß sie voll bitterer Gedanken über ihr Mißgeschick, und als sie bald darauf schnaufend und hinkend auf bloßen Strümpfen ans Fenster trat, um festzustellen, in welcher Richtung er gegangen war, konnte sie ihn nicht mehr erspähen. Der Taugenichts! dachte sie schmerzlich und voll Ärger. Sie konnte nicht begreifen, wie er so schnell hatte verschwinden können.

Piotrowski war indessen gar nicht aus dem Haus getreten. Er sah nur zur Eingangstür hinaus. Der kleine Hof war leer. Dann wandte er sich der Treppe zu. Im Halbstock stieß er auf Terenia. Sie saß auf dem recht niedrigen Fensterbrett und sprach mit erhobenem Zeigefinger ernsthaft auf die steif neben ihr sitzende Puppe ein.

Piotrowski blieb stehen.

«Hör mal, Kleine, weißt du nicht, ob Herr Malecki zu Hause ist? Hast du nicht gesehen, ob er jetzt heimgekommen ist?»

Sie sah ihn mit erstaunten Augen an und zuckte die Achseln.

Piotrowski schwankte einen Augenblick. Er spürte jedoch die Wirkung des eben getrunkenen Schnapses in sich und pfiff durch die Zähne. Nach einer Weile klingelte er bei Maleckis.

Als Irena die Glocke vernahm, war sie überzeugt, daß es Jan sei. Sie legte das Buch fort und erhob sich vom Diwan. Sie rechnete so sicher mit Jan, daß sie unwillkürlich, fast in Panik, zurückwich, als sie beim Öffnen der Tür Piotrowski erblickte.

Er trat jedoch nicht ein.

«Ist der Herr Malecki da?» fragte er.

In ihrer Überraschung verneinte sie es. Piotrowski zeigte lächelnd seine festen, weißen Zähne. Und ehe sie sich's versah, schlüpfte er mit katzenhaft behender Bewegung hinein. Leise schloß er hinter sich die Tür und drehte den Schlüssel im Schloß um.

«Dann sind wir also allein!» wandte er sich an sie. Er schob den Hut aus der Stirn und stemmte die Hände in die Seiten.

Während dieses kurzen Augenblicks gelang es Irena, ihrer ersten instinktiven Angst Herr zu werden.

«Was soll das bedeuten?» fragte sie von oben herab.

Piotrowski blinzelte.

«Langsam, langsam!» stieß er gedehnt zwischen den Zähnen hervor. «Wir haben Zeit. Wollen die Gnädigste den Gast nicht ins Zimmer bitten?»

«Den Gast?» wiederholte sie mit verächtlicher Betonung.

Piotrowski trat näher. Seine Augen funkelten, und sein gebräuntes Gesicht wurde noch dunkler.

«Ich wollte mit Ihnen schon seit einigen Tagen sprechen», sagte er mit gesenkter, leicht heiserer Stimme. «Gleich, als ich Sie auf dem Balkon sah. Es war nur keine Gelegenheit dazu.»

Er schob die Hände in die Hosentaschen und umfing Irena mit brennendem, etwas schrägem Blick.

«Na, und jetzt ist die Gelegenheit da.» Wieder zeigte er lächelnd die Zähne. Er stand so nahe, daß sie auf ihrem Gesicht seinen heißen, alkoholgetränkten Atem spürte. Sie wich jedoch nicht zurück.

«Ich verstehe nicht, was Sie wollen», sagte sie kühl. «Von was für einer Gelegenheit reden Sie? Was soll das alles bedeuten?»

«Wissen Sie es nicht?» lächelte er frech.

«Was wollen Sie?» wiederholte sie. «Wer sind Sie überhaupt?»

Und plötzlich verlor sie die Beherrschung.

«Bitte, verlassen Sie sofort die Wohnung! Hören Sie?» Sie hob die Stimme, als sie sah, daß er sich nicht rührte. «Soll ich den Hausbesorger rufen?»

Piotrowski trat zurück.

«Bitte!» sagte er in seiner gedehnten Art. «Bitte sehr, der Weg ist frei. Wie Sie wünschen...»

Er zog die Hose hoch, nahm den Hut ab und hängte ihn auf den Kleiderständer.

«Nun, warum rufen Sie nicht? Ich habe nichts dagegen. Bitte sehr.» Seine Zähne blitzten.

«Sie rufen nicht? Dann werden Sie mich vielleicht ins Zimmer bitten?»

Sie zögerte einen Augenblick, aber nach einer Weile wandte sie sich um, glättete mit einer mechanischen Bewegung ihr Haar und ging ins Zimmer voran. Sie entnahm der auf dem Tisch stehenden Schachtel eine Zigarette, zündete sie an, tat einen tiefen Zug und blickte den in der Tür lehnenden Piotrowski an.

«Ich muß Sie enttäuschen», sie streifte nachlässig die Asche in eine Vase ab, «weil…»

«Weil?» griff er auf.

«…ich gar kein Geld mehr habe», schloß sie, ihm in die Augen schauend. «Ihre Vorgänger, oder wie soll ich sagen: Fachkollegen, haben dafür sehr gründlich gesorgt.»

Piotrowski errötete leicht.

«Was geht mich das an?» zuckte er die Achseln. «Will ich denn etwa Geld?»

Er sagte dies mit so überzeugender Betonung, daß Irena verwirrt wurde.

«Was wollen Sie denn?» fragte sie unsicher.

Er antwortete mit kurzem Lachen, trat näher, und da ein Stuhl ihn von Irena trennte, schob er ihn zur Seite.

«Eine so schöne Frau wie Sie fragt noch?»

Er blickte sie schräg an.

Jetzt erst begriff sie, worum es ihm ging.

Ehe sie zurückweichen konnte, hatte er sie bei den Händen gepackt und an sich gezogen. Er schien jedoch keinen Widerstand erwartet zu haben, sie entwand sich mit einem Ruck der Umarmung und stieß den Zudringlichen zurück. Er wankte und wäre sicherlich gestürzt, wenn er sich nicht im letzten Augenblick an der Tischkante festgehalten hätte. Das Blut stieg ihm zu Kopf. Er stand eine Weile vorgebeugt, heftig atmend, mit geballter Faust auf den Tisch gestützt und betrachtete Irena mit zugekniffenen Augen. Diese war inzwischen an die Wand zurückgewichen. Sofort wurde sie sich dessen bewußt, daß sie damit gleichsam in eine Falle geraten war.

Von der einen Seite versperrte ihr der breite Diwan den Weg, von der anderen ein ebenfalls an der Wand stehendes Bücherbrett. Vor ihr stand der Zeichentisch und daneben Piotrowski, der auch schon mit einem Satz auf sie zusprang. Sie wehrte sich verbissen, und so rangen sie eine Weile schweigend miteinander. Endlich gelang es ihm, sie auf den Diwan zu werfen und mit dem Gewicht seines Körpers niederzuhalten. Sie unterdrückte einen Wehlaut, aber ihre Kräfte begannen nachzulassen, und sie wehrte sich immer schwächer. Er dagegen, mit dem Griff einer Hand geschickt ihre beiden Arme außer Gefecht setzend, hob sich ein wenig in den Hüften. Hastig und ungeduldig an seinem Gürtel zerrend, versuchte er, sich mit der freien Hand seines Beinkleides zu entledigen, während er die Liegende weiterhin mit seiner Brust niederdrückte. Durch das Kleid hindurch fühlte sie seinen heißen, gierigen Körper. Und als er sich – seiner Sache bereits gewiß – über sie ausstreckte, vollführte sie mit ihren letzten Kräften einen jähen Ruck. Durch die Kleidung behindert, verlor er das Gleichgewicht. Es gelang ihr, seiner Umarmung zu entgleiten. In der nächsten Sekunde stand sie auf dem Boden.

Sie gewahrte, daß die Balkontür halb geöffnet war, sprang vor und blieb, sie weit aufreißend, an der Schwelle stehen. Wie durch dichten Nebel, durch einen Vorhang gedämpft, drangen von unten die Stimmen der Kinder zu ihr. Sie atmete schwer. Mechanisch begann sie, den zerknitterten Rock, die verdrückte Bluse glattzustreichen.

Inzwischen kroch Piotrowski, mit der Hand die Hose festhaltend, ungeschickt vom Diwan. Anfangs taumelte er ein wenig und stand eine Weile wie betäubt im Hemd da, das komisch unter dem zerknüllten Sakko heraushing. Seine trüben, blutunterlaufenen Augen schweiften abwesend umher. Schließlich zog er die Hose hoch und begann langsam, seine Kleider in Ordnung zu bringen, während er die bewegungslos in der Balkontür stehende Irena geneigten Kopfes betrachtete. Zuletzt richtete er sich auf und glättete mit beiden Händen das zerzauste Haar. Kaum daß er sich jedoch dem Balkon zu nähern versuchte, trat Irena auch schon über die Schwelle hinaus. Von den Fenstern der Nachbarvillen funkelte der rötliche Abglanz der Sonnenstrahlen herüber. In der flimmernden Luft wogte sichtbar der graue, an zerstäubte Asche gemahnende Rauch.

Piotrowski versuchte nicht mehr näherzutreten. Er blieb mitten im Zimmer stehen, steckte die Hände in die Hosentaschen, und ein häßliches Lächeln umspielte seinen Mund. Längere Zeit betrachtete er Irena so, bis er endlich gedehnt und spöttisch zu lachen begann. Er drehte sich auf dem Absatz um und ging hinaus.

Im Vorzimmer fuhr er nochmals glättend über das Haar und ordnete die verschobene Krawatte. Dann nahm er den Hut. Das üble Lächeln war nicht von seinen Lippen gewichen. Eine Weile noch horchte er nach Irena. Aber nichts war zu hören. So wandte er sich denn zum Ausgang und drehte den Schlüssel um. Die Tür hinter sich zuknallend, ging er die Treppe hinunter.

Im Halbstock, den Oberkörper weit hinausbeugend, kniete Terenia Karska auf der Kante des Fensterbrettes. Er beachtete sie nicht und ging weiter.

Plötzlich blieb er wie angewurzelt stehen. Unten, in der

offenen Wohnungstür, stand die Piotrowska, breitspurig und unbeweglich, mit über der Brust verschränkten Armen. Als er sich von diesem ersten Eindruck erholt hatte, stieg er die letzten Stufen hinab.

«Was stehst du denn da?» knurrte er.

Sie maß ihn mit verächtlichem Blick. In ihren kleinen, durchbohrenden Augen funkelte erbitterter Haß.

«Wo warst du, Lump?»

Sie betrachtete ihn aufmerksam prüfend vom Kopf bis zu den Füßen.

«Wo warst du?» wiederholte sie.

«Nicht deine Sache!» brummte er und wollte an ihr vorbei in die Wohnung.

Sie verstellte ihm jedoch den Weg.

«Nicht meine Sache, sagst du?» Sie senkte drohend die Stimme.

Plötzlich erscholl von draußen der durchdringende Aufschrei eines Kindes.

Irena war nicht ins Zimmer zurückgekehrt. Die wenigen Minuten, die vergangen waren, bevor Piotrowski die Wohnung verlassen hatte, erschienen ihr endlos lang. Sie fürchtete, daß er sich anders besinnen und umkehren würde. Erst das Geräusch der zufallenden Tür löste ihre Nervenspannung. Schwäche überkam sie, und die Beine drohten ihr den Dienst zu versagen, so daß sie sich auf das Balkongeländer stützen mußte.

Unten vor der Eingangstür lag der kleine Piotrowski auf dem Rücken mit ausgebreiteten Ärmchen und geschlossenen Augen. Stefcio Osipowicz beugte sich besorgt über ihn.

«Warum liegst du da? Steh lieber auf...»

«Nein», gab Wacek mit Bestimmtheit zurück.

«Aber warum denn nicht?»

«Ich bin Jesus.»

«Du bist Jesus?»

«Und du bist ein Engel. Neig dich über mich, denn ich hänge am Kreuz!»

Vom Halbstock ertönte das dünne Stimmchen der aus dem Fenster gebeugten Terenia, die wie ein kleiner rosa Wollknäuel aussah.

«Was macht ihr denn?»

«Ich bin Jesus!» rief Wacek von unten und öffnete ein Auge. «Komm zu uns!»

Mit den Händchen sich auf das Blechgesims stützend, neigte sich Terenia so weit vor, daß ihr der schwarze Haarschopf über die Augen fiel. Sie versuchte, ihn zurückzustreichen, als ihre Hand plötzlich vom Blech abrutschte. Die Kleine verlor den Halt, und das Gewicht ihres Körpers zog sie hinab. Sie schrie kurz und herzzerreißend auf.

Als erste stürzte Frau Piotrowska heraus. Als sie die am Boden Liegende sah, griff sie sich an den Kopf.

«Himmlischer Herr!» schrie sie mit gewaltiger Stimme. «Was ist hier geschehen? Jesus Maria!»

Wacek, der aufgesprungen war, brüllte aus Leibeskräften, während es dem kleinen, vor Schreck versteinerten Osipowicz völlig die Rede verschlug.

«Terenia hat sich erschlagen! Terenia hat sich erschlagen!» heulte Wacek schrill und hielt sich, mit den Füßen stampfend, die Ohren zu.

Piotrowski, der soeben hinausgeglitten war, trat an die regungslos im Sand Liegende heran und wollte sich über sie neigen. Aber die Piotrowska stieß ihn zurück.

«Pack dich, du Lump!» knurrte sie. «Ein Kind ist eine heilige Sache.»

Er zuckte die Achseln und trat zur Seite.

Inzwischen liefen, durch Waceks Gebrüll alarmiert, fast alle Hausbewohner zusammen. Zuerst fanden sich beide Osipowicz ein, dann Wladek – nach einer Weile kam auch Zamojski in Hausrock und Pantoffeln. Auch aus den Fenstern der Nachbarvilla begannen die Leute herüberzusehen. Zwei Jungen – einer mit einem Trittroller, der zweite mit einer hölzernen Flinte – kamen von der Straße zum Unfallsort gelaufen. Sie drängten sich unter die Zunächststehenden.

«Schau», stieß der Junge mit dem Roller den anderen an, «erschlagen hat sie sich.» Der war so beeindruckt, daß er nur mit dem Kopf nickte. Die kindlichen Augen des Zehnjährigen glänzten in ungesundem Schein. Die Zunge hatte er herausgestreckt, wie um alles besser sehen zu können. Mit der linken Hand kratzte er seine zerschundene Wade.

«Macht, daß ihr fortkommt!» empörte sich die Piotrowska. «Ihr habt uns noch gefehlt!»

Sie sprangen zur Seite. Inzwischen waren Wladek und Osipowicz neben Terenia niedergekniet. Sie drehten sie um, so daß sie auf den Rücken zu liegen kam. Weiß wie eine Hostie, unbeweglich und mit geschlossenen Augen, erweckte sie wirklich den Eindruck einer Toten.

«Was ist mit ihr?» Zamojski näherte sich auf den Zehenspitzen.

Osipowicz legte sein Ohr auf das Herz der Kleinen. Er horchte eine Weile.

«Sie lebt, anscheinend ist ihr nichts geschehen. Sie ist nur ohnmächtig.»

«Man muß um einen Arzt schicken», riet Zamojski.

Die Piotrowska drängte sich dazwischen.

«Was, sie lebt? Sie lebt?»

Da erblickte sie Irena, die auf dem Balkon stand und sich mit beiden Händen auf das Geländer stützte. Eine Flamme schoß über das gedunsene Gesicht der Piotrowska.

«Die Saujüdin!» schrie sie, die Hand hebend. «Das ist nur durch sie, dieses Unglück!»

Die Blicke aller wandten sich in der Richtung des Balkons. Zamojski erbleichte und biß sich auf die Lippen. Ein unruhiges Murmeln ging durch die Versammelten. Nur Piotrowski stand mit halbem Lächeln abseits.

«Frau Piotrowska...» flüsterte Osipowicz.

«Die Saujüdin!» brüllte sie haßerfüllt.

Jetzt erst wich Irena in die Wohnung zurück. Aber ihr Verschwinden entfesselte die Wut der Piotrowska erst recht. Sie stieß die Zunächststehenden auseinander. Das zu enge Seidenkleid knatterte förmlich, als sie wie eine Furie in das Treppenhaus stürzte. Sofort war sie im ersten Stock.

«Aufmachen!» Sie hämmerte mit den Fäusten gegen die Tür. «Sofort aufmachen!»

Einen Augenblick stand Irena mitten im Zimmer und hielt sich mit den Händen die Ohren zu. Sie zitterte, und alles Blut schien aus ihrem Gesicht gewichen zu sein. Instinktiv sah sie sich um, wo sie sich verbergen könnte. Das Poltern wurde immer heftiger.

«Aufmachen!» tönte weiter das hysterische Kreischen vor der Tür.

Länger konnte sie dies Geschrei nicht mehr ertragen. Bebend, mit weißen Lippen, lief sie ins Vorzimmer.

Die Piotrowska sah furchtbar aus: rot, zerzaust, mit Schaum vor dem Mund.

«Was haben Sie denn, was haben Sie denn?» stotterte Irena.

«Das!» brüllte die Rasende.

Sie packte Irena beim Handgelenk und zog sie hinter sich her, die Treppe hinunter. Erst im Erdgeschoß raffte sich Irena zum Versuch eines Widerstandes auf. Aber das Weib zerrte sie nur noch heftiger und stieß sie auf den Hof, zwischen die Leute.

Entgeisterten Blickes sah sich Irena unter den Versammelten um. Osipowicz hielt Terenia in den Armen. Alle waren verwirrt und wandten die Augen von ihr ab. Zum Schluß gewahrte sie Piotrowski. Er stand, die Hände in den Hosentaschen, und betrachtete sie blinzelnd, mit niederträchtig höhnischem Lächeln.

Die Piotrowska atmete tief auf.

«Na!» Sie hob die Hand gegen Irena. «Pack dich fort! Wirst du gehen?»

Jenseits des Drahtgitters sammelten sich die Bewohner der Nachbarvilla.

«Schau mal!» stieß der Bengel mit dem Trittroller seinen Gefährten an. «Eine Jüdin haben sie erwischt.» Der andere nickte nur. Er kratzte sich unaufhörlich an der Wade.

Sonst sagte niemand ein Wort. Sogar Wacek hatte aufgehört zu weinen.

«Frau Piotrowska, wie kann man denn so sein?» flüsterte Frau Osipowicz, die den immer noch schreckensstarren Stefcio an der Hand hielt.

Die drehte sich zu ihr um und faßte sich in die Seiten.

«Was kann man nicht?» gab sie aggressiv zurück. «Vielleicht wird sie leugnen, daß sie eine Saujüdin ist? Sie soll's nur leugnen! Soll's nur abstreiten! – Leugne es!» griff sie die unbeweglich dastehende Irena an. «Trau dich, es zu leugnen!»

Irena schien es, als wollte die andere sie schlagen.

«Rühren Sie mich nicht an!» sagte sie leise.

Die Piotrowska lachte höhnisch.

«Wer wird dich schon anrühren?»

Sie sah sich um, und da sie das Übergewicht ihres eigenen Hasses spürte, rief sie befehlend:

«Los – fort mit dir! Zurück ins Getto! Such dir dort einen Israel! Na – wird's?»

«Frau Piotrowska!» flüsterte wieder die Osipowicz.

Aber die andere kochte vor Wut.

«Na – wird's bald? Hörst du nicht? Du sollst verschwinden!»

Eben bewegte sich Terenia in den Armen des mageren Osipowicz. Sie öffnete die Augen.

«Wo ist Mamachen?» flüsterte sie.

«Sie kommt schon», neigte er sich über sie. «Gleich wird die Mama kommen.»

«Und Wlodek?»

«Wird auch kommen.»

Inmitten der Menschen, die es vermieden, sie anzusehen, stand Irena immer noch unbeweglich. Das Herz schlug ihr wie ein Fetzen lebendigen Fleisches in der Kehle. Plötzlich spürte sie, wie ein blinder, wütender Haß sich ihrer bemächtigte. Sie richtete sich auf.

«Gut, ich gehe!» sagte sie unnatürlich laut.

Und ihrer Überlegenheit nun schon sicher, sah sie der Piotrowska in die Augen.

«Aber dein Balg soll sich Hände und Füße brechen...!»

Die Piotrowska wurde blaß und öffnete verdattert den Mund. Sie zog nur Wacek an sich heran und verdeckte ihm das Gesicht mit den Händen.

Irena sah in die verdutzten und plötzlich auch verschreckten Gesichter der Umstehenden. Sie fühlte eine brennende und feindselige Freude.

«Und ihr, ihr sollt alle wie die Hunde verrecken!» stieß

sie haßerfüllt hervor, ohne daran zu denken, welche Worte sie wählte. «Ausgeräuchert sollt ihr werden – wie wir! Niederschießen sollen sie euch! Umbringen ...!»

Sie wandte sich plötzlich in der tödlichen Stille, die eingetreten war, und ging langsam dem Ausgang zu. Sie öffnete die Gartentür, überquerte schräg die Gasse und ging weiter auf dem Gehsteig, in gleichmäßig ruhigem Schritt. Erst als sie in die Seitengasse einbog und niemand vom Haus sie sehen konnte, beschleunigte sie den Gang. Sie begann zu laufen.

Bald war sie bei der Straßenbahn und sprang in den gerade abfahrenden Wagen. Er war fast leer. Um diese späte Stunde und gar am Karfreitag fuhren nur wenige Menschen stadtwärts.

Aus der Ferne hörte man den lauten Lärm unausgesetzten Schießens, und blutiger Feuerschein flammte zwischen düsteren Rauchwolken über dem Getto.

320 Seiten

Langen Müller

Rowohlt Jahrhundert

Herausgegeben von Bernd Jentzsch

Band 1 und 2
Robert Musil
Der Mann ohne Eigenschaften
Roman

Band 3
Anatole France
Die Götter dürsten
Roman

Band 4
Samuel Beckett
Murphy
Roman

Band 5
Aldo Palazzeschi
Die Schwestern Materassi
Roman

Band 6
Ludwig Tieck
Der Aufruhr in den Cevennen
Roman

Band 7
Jerzy Andrzejewski
Die Karwoche
Roman

Rowohlt
Taschenbuch Verlag